POESIA DE
FLORBELA ESPANCA

VOLUME 1

Livros da autora na Coleção **L&PM** POCKET:

A mensageira das violetas
Poesia de Florbela Espanca – volume 1
Poesia de Florbela Espanca – volume 2

POESIA DE
FLORBELA ESPANCA

VOLUME 1

TROCANDO OLHARES
O LIVRO D'ELE
LIVRO DE MÁGOAS

www.lpm.com.br

L&PM POCKET

Coleção **L&PM** POCKET, vol. 297

Texto de acordo com a nova ortografia

Primeira edição na Coleção **L&PM** POCKET: novembro de 2002
Esta reimpressão: março de 2020

Capa: Ivan Pinheiro Machado sobre foto de Florbela Espanca
Revisão: Renato Deitos e Jó Saldanha

ISBN 978-85-254-1224-9

E77p   Espanca, Florbela, 1894-1930.
         Poesia de Florbela Espanca, v.1/ Florbela d'Alma
      da Conceição Lobo Espanca. – Porto Alegre: L&PM, 2020.
      176 p. ; 18 cm. – (Coleção L&PM POCKET)

      Conteúdo: Trocando olhares; O livro d'ele; Livro
      de mágoas.

        1.Ficção portuguesa-poesias. I.Título. III.T. Trocando
    olhares. III.T.O livro d'ele. IV.T.Livro de mágoas. V.Série.

                            CDD 869.1
                            CDU 869-1

Catalogação elaborada por Izabel A. Merlo, CRB 10/329.

© desta edição, L&PM Editores, 2002

Todos os direitos desta edição reservados a L&PM Editores
Rua Comendador Coruja 314, loja 9 – Floresta – 90.220-180
Porto Alegre – RS – Brasil / Fone: 51.3225.5777

Pedidos & Depto. Comercial: vendas@lpm.com.br
Fale conosco: info@lpm.com.br
www.lpm.com.br

Impresso no Brasil
Verão de 2020

TORMENTO DO IDEAL
*Laury Maciel**

Florbela d'Alma da Conceição Lobo Espanca nasceu em Vila Viçosa (Alentejo), em 1894. Seus primeiros versos são da época em que fez o curso secundário, em Évora, e que somente viriam a ser reunidos em volume depois de sua morte.

Malogrado seu casamento, vai para Lisboa estudar Direito e, nesse mesmo ano, 1919, publica *Livro de mágoas*, que passa despercebido. Igual destino teve a obra seguinte, *Livro de Soror Saudade*, dado a lume em 1923. Novamente infeliz no casamento, retira-se do convívio social, embora continue a escrever poesia e a publicá-la ao acaso. Recolhe-se a Matosinhos, já agora estimulada pelas renovadas esperanças de felicidade conjugal, mas seus versos entram a dar sinais de exaustão. Morre, segundo alguns estudiosos, de suicídio, em 1930.

Toda a produção de Florbela entre os anos de 1915 e 1917 – tanto em poesia como em contos – foi escrita em um livro de mercearia ao qual ela deu o título de *Trocando olhares*. Deste livro ela separou 33 poemas para publicar sob o título de *O livro d'ele*, o que não aconteceria.

---

* *Laury Maciel (1924-2002) foi escritor, autor de* Pedra dos anjos *e* Noites no sobrado, *entre outros livros, e professor de Literatura Portuguesa.*

Publicou os livros de poesia: *Livro de mágoas*, 1919; *Livro de Soror Saudade*, 1923; *Reliquiæ*, 1931; *Charneca em flor*, 1929. E contos: *As máscaras do destino*, 1931; *Dominó negro*, 1931.

Talvez *Tormento do ideal*, título de um dos sonetos de Antero de Quental*, de quem Florbela Espanca foi discípula – e que recorrera ao suicídio, na impossibilidade de respostas para suas indagações de ordem teológico-existencial –, possa lançar tênue luz sobre a trajetória filosófica e moral da poeta, da qual certamente a base é o amor. "Dele brotam – como notou muito bem Antônio Freire – todas as qualidades e defeitos da poetisa; nele, até, mergulha raízes profundas a prodigiosa inspiração poética que a imortalizou como artista".

Portadora de uma insaciável sede de amar, logo convertida em ideário de vida, tem início sua dolorosa tragédia: a impossibilidade de expressar, à perfeição, este estado de alma.

Feliciano Ramos, em sua excelente *História da Literatura Portuguesa*, assinala que "Escolheu (Florbela Espanca) o soneto para transmitir a sua perturbante e sombria interioridade. Dentro dessa

---

* Antero Tarquínio de Quental (1842-1891), grande poeta português, figura polêmica, ativista político, teve grande influência sobre a geração de intelectuais da segunda metade do século XIX e início do século XX. Poeta notável, seu livro mais importante é *Sonetos completos* (1866). Esteve em Paris em 1868, onde conheceu Michelet e Proudhon, de quem passou a comunhar das ideias socialistas. Suicidou-se em 1891 com um tiro de revólver, em plena praça principal da cidade de Ponta Delgada, nos Açores.

pequenina fórmula métrica e estrófica, Florbela move-se e realiza-se com todo o à vontade: crê-se que os seus versos registram com estridência dramática o cruciante viver de sua 'alma trágica e doente' (soneto *Ao vento*). E, no entanto, embora os sonetos de Florbela sejam tão angustiosos e contagiantes, ela tristemente verifica a impossibilidade de efetuar a comunicação integral de sua desventura: no soneto *Impossível*, confessa que a sua dor é tão grande que não caberia mesmo em 'cem milhões de versos', caso os viesse a escrever." E continua Feliciano Ramos: "Agitada por eterna ansiedade, está sempre longe de encontrar o que espera: 'o meu reino fica para além' dirá Florbela, assediada pelo tormento de constantemente pedir à vida mais do que ela pode dar. Esta 'inquietação' de exilada da realidade inspira-lhe versos comoventes".

Nesse sentido – me parece – é que no mencionado *Tormento do ideal* (soneto em que Antero traduz, à perfeição, todo o seu pessimismo à Schopenhauer), reside integralmente o drama existencial de Florbela Espanca: a inútil busca da forma para expressá-lo:

Conheci a Beleza (leia-se o Amor, o Absoluto, a Verdade) *que não morre*
E fiquei triste.

E, no primeiro terceto, a confissão:
Pedindo à forma, em vão, a ideia pura,
Tropeço em sombras, na matéria dura,
E encontro a imperfeição de quanto existe.

Eis, pois, toda a tragédia de Florbela Espanca. Na base desse perfil moral e filosófico está o amor: dele brota tudo o que a prodigiosa inspiração poética de Florbela Espanca imortalizou, como artista. Desde as primeiras experiências amorosas, aos dezesseis anos, que ela refere como "misteriosa descoberta", passando por dolorosas experiências sentimentais até o final de sua vida, tudo se converte em atrozes interrogações em seu atribulado espírito cem por cento feminino. Só tem uma certeza: quer amar e ser amada. No soneto *Exaltação*, assim o cantou: *Deus fez os nossos braços pra prender, /E a boca fez-se sangue pra beijar*. Esta sede de amar plasmou-a num soneto, pleno de verdade e de beleza, em que o amor feminino atinge os limites do sublime:

Gosto de ti apaixonadamente,
De ti que és a vitória, a salvação,
De ti que me trouxeste pela mão
Até ao brilho desta chama quente.

A tua linda voz de água corrente
Ensinou-me a cantar... e essa canção
Foi ritmo nos meus versos de paixão,
Foi graça no meu peito de descrente.

Bordão a amparar a minha cegueira,
Da noite negra o mágico farol,
Cravos rubros a arder numa fogueira!

E eu, que era neste mundo uma vencida,
Ergo a cabeça ao alto, encaro o sol!
– Águia real, apontas-me a subida!

O poema raia ao sublime, mas a poeta, em sua ânsia de perfeição formal, embora tenha encontrado uma luz (o Sol, a Águia real), ainda assim brada por "Um bordão a amparar minha cegueira".

Florbela quase não sabe escrever senão sobre o amor: *Livro do meu amor, do teu amor, /Livro do nosso amor, do nosso peito... /Abre-lhe as folhas devagar, com jeito, / (...) Olha que eu outro já não sei compor.*

Sempre o amor: *Mesmo a um velho eu perguntei: "Velhinho, / Viste o Amor acaso em teu caminho?" / E o velho estremeceu... olhou... e riu... / (...) E eu paro a murmurar: "Ninguém o viu!...".*

Pior: o amor ludibriou-a: *Procurei o amor que me mentiu.*

A própria poeta, num autorretrato, mostra até que ponto o seu temperamento, visceralmente insatisfeito, a fadava à incompreensão: *O meu talento! De que me tem servido? Não trouxe nunca às minhas mãos vazias a mais pequena esmola do destino. Até hoje não há ninguém que de mim se tenha aproximado que não me tenha feito mal. Talvez culpa minha, talvez... O meu mundo não é como o dos outros; quero demais, exijo demais; há em mim uma sede de infinito, uma angústia constante que nem eu mesma compreendo, pois estou longe de ser uma pessimista; sou antes uma exaltada, com uma alma intensa, violenta, atormentada, uma alma que se não sente bem onde está, que tem saudades... sei lá de quê!*

É lícito, pois, diante de tanto sofrimento, que a confissão acima corrobora, admitir-se a ideia de que Florbela Espanca se teria suicidado. Amélia Vilar, uma estudiosa da grande poeta, afirma: *Essa neurastenia que, sem dó nem piedade, lhe tumultuava no sangue, tinha de produzir os seus funestos estragos nas lamentáveis consequências do suicídio.*

Se colocarmos a questão sob a jurisdição da patologia, talvez Amélia Vilar tenha razão. Mas não. Florbela padece de *uma sede de infinito* que nem seu invulgar talento pode saciar: um tormento do ideal, que tem a ver muito mais com a verdade literária do que com a patologia.

A verdade é que o suicídio nunca se provou, por mais que queiram justificá-lo também com uma provável relação incestuosa com seu irmão Apeles, tragicamente morto nas águas do Tejo, por quem, de fato, votava extremado amor de irmã. Tudo não passou de uma campanha difamatória, como tantas que circularam em torno da poeta.

Há um testemunho decisivo, definitivo (colhido pelo citado Antônio Freire), sobre o assunto e, que, a nosso ver, encerra o assunto: é o do padre Nuno Sanches, de Matosinhos, e que diz o seguinte: *Como sacerdote católico, sei o que a Igreja estabelece para os suicidas; como coadjutor da paróquia (de Matosinhos), no cemitério do qual foi inumada a poetisa Florbela Espanca, sei que o seu enterro foi feito religiosamente, assim como o fora antes o seu casamento. Para o enterro religioso não foi pedida nenhuma dispensa ou autorização especial às autoridades eclesiásticas, o que exclui, portanto, essa tal hipótese, que tenho por caluniosa e tanto mais reprovável quando se trata de alguém que não pode defender-se.*

Por tudo isso, Florbela Espanca tem sido considerada, com muita justiça, a figura feminina mais importante da Literatura Portuguesa. Sua poesia, mais significativa que seus contos e produto duma sensibilidade exacerbada por fortes impulsos eróticos, corresponde a um verdadeiro diário íntimo, cuja temperatura de confidência só encontra semelhança nas *Cartas de Amor* de Mariana Alcoforado.

Cansada de suplicar, a Morte é o próximo passo (como em Antero, no soneto *Com os mortos*): *Deixai entrar a Morte, a iluminada /A quem vem para mim, pra me levar /Abri todas as portas par em par /Como asas a bater em revoada.*

A tragédia da impossibilidade de comunicar um amor incorrespondido foi, portanto, a grande tragédia de Florbela Espanca, compreensível (se é que há compreensão para essas coisas) na fusão das duas personalidades da poeta numa só: a artista e a amante.

É neste sentido que o mencionado *Tormento do ideal*, de Antero de Quental, pode ajudar a derramar alguma luz sobre sua alma trágica.

Esta edição em dois volumes reúne quase a totalidade da obra de Florbela Espanca. A ordem dos poemas obedece ao critério utilizado por Rui Guedes em sua Poesia completa de Florbela Espanca *(Publicações Dom Quixote, Lisboa, 2001).*

SUMÁRIO

Trocando olhares / 15
O livro d'ele / 89
Livro de mágoas / 123
Índice dos poemas / 163

TROCANDO OLHARES

(1915-1917)

DEDICATÓRIA

É só teu o meu livro; guarda-o bem;
Nele floresce o nosso casto amor
Nascido nesse dia em que o destino
Uniu o teu olhar à minha dor!

Florbela Moutinho

NO MINHO

Casitas brancas do Minho
Onde guardam os tesouros,
As fadas d'olhos azuis
E lindos cabelos loiros.

Filtros de beijos em flor,
Corações de namoradas,
Nas casas brancas do Minho
Guardam ciosas as fadas.

CRISÂNTEMOS

Sombrios mensageiros das violetas,
De longas e revoltas cabeleiras;
Brancos, sois o casto olhar das virgens
Pálidas que ao luar, sonham nas eiras.

Vermelhos, gargalhadas triunfantes,
Lábios quentes de sonhos e desejos,
Carícias sensuais d'amor e gozo;
Crisântemos de sangue, vós sois beijos!

Os amarelos riem amarguras,
Os roxos dizem prantos e torturas,
Há-os também cor de fogo, sensuais...

Eu amo os crisântemos misteriosos
Por serem lindos, tristes e mimosos,
Por ser a flor de que tu gostas mais!

A DOIDA

A Noite passa, noivando.
Caem ondas de luar.
Lá passa a doida cantando
Num suspiro doce e brando
Que mais parece chorar!

Dizem que foi pela morte
D'alguém, que muito lhe quis,
Que endoideceu. Triste sorte!
Que dor tão triste e tão forte!
Como um doido é infeliz!

Desde que ela endoideceu,
(Que triste vida, que mágoa!)
Pobrezinha, olhando o céu,
Chama o noivo que morreu,
Com os olhos rasos d'água!

E a noite passa, noivando.
Passa noivando o luar:
"Num suspiro doce e brando,
Pobre doida vai cantando
Que esse teu canto, é chorar!"

DESAFIO

Ela
"Ó luar que lindo és,
Luar branco de janeiro!
Não há luar como tu,
Nem amor como o primeiro."

Ele
Deixa-me rir, ó Maria!
Qual é para ti o primeiro?!
Chamas o mesmo ao segundo,
Chamas o mesmo ao terceiro!

Ela
O que Deus disse uma vez
Na minh'alma já é velho;
Vai pedir ao Senhor Cura
Que o leia no Evangelho!
....

Uma voz ouve-se ao longe
Que sobe alto, desgarrada:
"Por muito amar, Madalena,
No céu serás perdoada!"

CANTIGAS LEVA-AS O VENTO...

A lembrança dos teus beijos
Inda na minh'alma existe,
Como um perfume perdido,
Nas folhas dum livro triste.

Perfume tão esquisito
E de tal suavidade,
Que mesmo desapar'cido
Revive numa saudade!

POETAS

Ai as almas dos poetas
Não as entende ninguém;
São almas de violetas
Que são poetas também.

Andam perdidas na vida,
Como as estrelas no ar;
Sentem o vento gemer
Ouvem as rosas chorar!

Só quem embala no peito
Dores amargas e secretas
É que em noites de luar
Pode entender os poetas.

E eu que arrasto amarguras
Que nunca arrastou ninguém
Tenho alma pra sentir
A dos poetas também!

FOLHAS DE ROSA

Todas as prendas que me deste, um dia,
Guardei-as, meu encanto, quase a medo,
E quando a noite espreita o pôr do sol,
Eu vou falar com elas em segredo...

E falo-lhes d'amores e de ilusões,
Choro e rio com elas, mansamente...
Pouco a pouco o perfume de outrora
Flutua em volta delas, docemente...

Pelo copinho de cristal e prata
Bebo uma saudade estranha e vaga,
Uma saudade imensa e infinita
Que, triste, me deslumbra e m'embriaga

O espelho de prata cinzelada,
A doce oferta que eu amava tanto,
Que refletia outrora tantos risos,
E agora reflete apenas pranto,

E o colar de pedras preciosas,
De lágrimas e estrelas constelado,
Resumem em seus brilhos o que tenho
De vago e de feliz no meu passado...

Mas de todas as prendas, a mais rara,
Aquela que mais fala à fantasia,
São as folhas daquela rosa branca
Que a meus pés desfolhaste, aquele dia...

DANTES...

Quando ia passear contigo ao campo,
Tu ias sempre a rir e a cantar;
E lembra-me até uma cotovia
Que um dia se calou pra te escutar,

Enquanto eu apanhava os malmequeres
Que nos cumprimentavam da estrada,
Que, depois esfolhavas, impiedoso,
Na eterna pergunta: muito ou nada?

Tu beijavas as f'ridas carminadas
Que, em meus dedos, faziam os espinhos
Das rosas que coravam, vergonhosas,
Zangadas, de nos ver assim sozinhos.

Fitávamos as nuvens do espaço.
Que imensas! Que bonitas e que estranhas!
E ficávamos horas a pensar
Se seriam castelos ou montanhas...

Que adoráveis canções de mimo e graça
Os teus lábios proferiam a cantar!
Tão mimosas, que as relvas da campina
Ficavam pensativas a sonhar...
As fontes murmuravam docemente,

Os teus beijos cantavam namorados,
Cintilavam as pedras do caminho,
Sorriam as flores pelos valados...

À hora sonhadora do poente
Tinham maiores palpitações os ninhos.
Lembras-te? Íamos lavar as mãos,
Vermelhas das amoras dos caminhos.

Eu brincava a correr atrás de ti;
Uma sombra perseguindo um clarão...
E no seio da noite, os nossos passos
Pareciam encher de sol a 'scuridão!

Olhando tanta estrela, tu dizias:
Olha a chuva de prata que nos cobre!
Depois, numa expressão amarga e branda
Recitavas, chorando, António Nobre!...

Eu tinha medo, um medo atroz infindo
De passear pelos campos a tal hora,
Mas, olhando os teus olhos cintilantes,
A noite semelhava uma aurora!

E já passaram esses áureos tempos,
E já fugiu a nossa mocidade!...
Mas quando penso nesses dias lindos,
Que tortura, minh'alma e que saudade!

QUE DIFERENÇA!...

Quando passas a meu lado,
E que olhas para mim,
Tornas-te da cor da rosa,
E eu da cor do jasmim.

Vê tu que expressões dif'rentes
Da nossa mesma ansiedade:
A cor da rosa é despeito,
A palidez é saudade!

OS TEUS OLHOS

O céu azul, não era
Dessa cor, antigamente;
Era branco como um lírio,
Ou como estrela cadente.

Um dia, fez Deus uns olhos
Tão azuis como esses teus,
Que olharam admirados
A taça branca dos céus.

Quando sentiu esse olhar:
"Que doçura, que primor!"
Disse o céu, e ciumento,
Tornou-se da mesma cor!

NUM POSTAL

Luar! Lírio branco que se esfolha...
Neve, que do céu, anda perdida,
Asas leves d'anjo, que pairando,
Reza pela terra adormecida...

SONHOS...

Sonhei que era a tua amante querida,
A tua amante feliz e invejada;
Sonhei que tinha uma casita branca
À beira dum regato edificada...

Tu vinhas ver-me, misteriosamente,
A horas mortas quando a terra é monge
Que reza. Eu sentia, doidamente,
Bater o coração quando de longe

Te ouvia os passos. E anelante,
Estava nos teus braços num instante,
Fitando com amor os olhos teus!

E, vê tu, meu encanto, a doce mágoa:
Acordei com os olhos rasos d'água,
Ouvindo a tua voz num longo adeus!

AS QUADRAS D'ELE I

[1]
Andam sonhos cor do mar
Nas minhas quadras, imersos,
Se queres comigo sonhar,
Canta baixinho os meus versos.

[2]
Saudades e amarguras
Tenho eu todos os dias,
Não podem pois adejar
Em meus versos, alegrias.

Saudades e amarguras
Tenho eu todas as horas,
Quem noites só conheceu,
Não pode cantar auroras.

[3]
Se é um pecado sonhar
Tenho um pecado na vida,
Peço a Deus por tal pecado
A penitência merecida.

Quando o meu sonho morrer
(Que penitência tão dura!)

Vá encontrar em teu peito
Carinhosa sepultura.

[4]
Onde estás ó meu amor,
Que te não vejo apar'cer?
Para que quero eu os olhos
Se não servem pra te ver?

Que m'importa a luz suave
Dos olhos que o mundo tem?
Não posso ver os teus olhos
Não quero ver os de ninguém.

[5]
Tens um coração de pedra
Dentro dum peito de lama
Pois nem sabes distinguir
Quem te odeia ou quem te ama.

Por uma que te despreza,
Teu coração endoidece,
E a pobre que te quer bem
Só teus desprezos merece!

[6]
Desde que o meu bem partiu
Parecem outras as cousas;
Até as pedras da rua
Têm aspectos de lousas!

Quando por acaso as piso,
Perturba-me um tal mistério!...

Como se pisasse à noite
As pedras dum cemitério...

[7]
Teus olhos têm uma cor
Duma expressão tão divina,
Tão misteriosa, tão triste,
Como foi a minha sina.

É uma expressão de saudade
Vogando num mar incerto.
Parecem negros de longe,
Parecem azuis de perto.

Mas nem negros nem azuis
São teus olhos, meu amor,
Seriam da cor da mágoa
Se a mágoa tivesse cor!

[8]
Nem o perfume dos cravos,
Nem a cor das violetas,
Nem o brilho das estrelas,
Nem o sonhar dos poetas,

Pode igualar a beleza
Da primorosa flor,
Que abre na tua boca
O teu riso encantador.

[9]
Levanta os olhos do chão,
Olha de frente pra mim

Fingindo tanto desprezo,
Que podes ganhar assim?

Não andes tão distraído,
Contando as pedras da rua,
Não sei pra que finges tanto...
Tu és meu e eu sou tua...

Levanta os olhos do chão.
Que podes ganhar assim?
Se Deus nos fez um pro outro,
Para que foges de mim?!

[10]
Coveiros, sombrios, desgrenhados,
Fazei-me depressa a cova,
Quero enterrar minha dor
Quero enterrar-me assim nova.

Coveiros, só o corpo é novo,
Que há poucos anos nasceu;
Fazei-me depressa a cova
Que a minha alma morreu.

[11]
Amar a quem nos despreza
É sina que a gente tem;
Eu desprezo quem m'odeia
E adoro quem me quer bem.

[12]
Ai, tirem-me o coração
Que o tenho todo desfeito!

Cada pedaço um punhal
Que trago dentro do peito.

[13]
Eu quero viver contigo
Muito juntinhos os dois
O tempo que dura um beijo,
Embora eu morra depois.

[14]
Meu coração é ruína
Caindo todo a pedaços,
Oh, dai-lhe a hera piedosa
Bendita desses teus braços!

[15]
Quando fito o teu olhar
Tão frio e tão indiferente,
Fico a chorar um amor
Que o teu coração não sente.

[16]
O fado não é da terra,
O fado criou-o Deus,
O fado é andar doidinha
Perdida p'los olhos teus.

[17]
Esmaguei meu coração
Para o triste te esquecer,
Mas ao sentir os teus passos,
Põe-se a bater... a bater...

[18]
Andam pombas assustadas
No teu olhar, adejando,
Mal sentem os meus olhos,
Batem as asas, voando.

[19]
Há sonhos que ao enterrar-se,
Levam dentro do caixão,
Bocados da nossa alma,
Pedaços de coração!

AS QUADRAS D'ELE II

[1]
Digo para mim quando oiço
O teu lindo riso franco,
"São seus lábios espalhando,
As folhas dum lírio branco".

[2]
Perguntei às violetas
Se não tinham coração,
Se o tinham, por que escondidas
Na folhagem sempre estão?!

Responderam-me a chorar,
Com voz de quem muito amou:
Sabeis que dor os desfez,
Ou que traição os gelou?

[3]
Meu coração, inundado
Pela luz do teu olhar,
Dorme quieto como um lírio,
Banhado pelo luar.

[4]
Quando o olvido vier
Teu amor amortalhar,
Quero a minha triste vida,
Na mesma cova, enterrar.

[5]
Eu sei que me tens amor,
Bem o leio no teu olhar,
O amor quando é sentido
Não se pode disfarçar.

Os olhos são indiscretos,
Revelam tudo que sentem,
Podem mentir os teus lábios,
Os olhos, esses, não mentem.

[6]
Bendita seja a desgraça,
Bendita a fatalidade,
Benditos sejam teus olhos
Onde anda a minha saudade.

Não há amor neste mundo
Como o que eu sinto por ti,
Que me ofertou a desgraça
No momento em que te vi.

[7]
O teu grande amor por mim,
Durou, no teu coração,
O espaço duma manhã,
Como a rosa da canção.

[8]
Quando falas, dizem todos:
Tem uma voz que é um encanto.
Só falando, faz perder
Todo o juízo a um santo.

[9]
Enquanto eu longe de ti
Ando perdida de zelos,
Afogam-se outros olhares
Nas ondas dos teus cabelos.

[10]
Dizem-me que te não queira
Que tens, nos olhos, traição.
Ai, ensinem-me a maneira
De dar leis ao coração!

[11]
Tanto ódio e tanto amor
Na minha alma contenho;
Mas o ódio inda é maior
Que o doido amor que te tenho.

Odeio teu doce sorriso,
Odeio o teu lindo olhar,
E ainda mais a minh'alma
Por tanto e tanto te amar!

[12]
Quando o teu olhar infindo
Poisa no meu, quase a medo,
Temo que alguém adivinhe
O nosso casto segredo.

Logo minh'alma descansa;
Por saber que nunca alguém
Pode imaginar o fogo
Que o teu frio olhar contém.

[13]
Quem na vida tem amores
Não pode viver contente,
É sempre triste o olhar
Daquele que muito sente.

[14]
Adivinhar o mistério
Da tua alma quem me dera!
Tens nos olhos o Outono,
Nos lábios a Primavera...

Enquanto teus lábios cantam
Canções feitas de luar,
Soluça cheio de mágoa
O teu misterioso olhar...

Com tanta contradição,
O que é que a tua alma sente?
És alegre como a aurora,
E triste como um poente...

Desabafa no meu peito
Essa amargura tão louca,
Que é tortura nos teus olhos
E riso na tua boca!

[15]
Os teus dentes pequeninos
Na tua boca mimosa,
São pedacitos de neve
Dentro dum cálix de rosa.

[16]
O lindo azul do céu
E a amargura infinita
Casaram. Deles nasceu
A tua boca bendita!

O FADO

Corre a noite, de manso num murmúrio,
Abre a rosa bendita do luar...
Soluçam ais estranhos de guitarra...
Oiço, ao longe, não sei que voz chorar...

Há um repoiso imenso em toda a terra,
Parece a própria noite a escutar...
E o canto vai subindo e vai morrendo
Num anseio de saudade a palpitar!...

É o fado. A canção das violetas:
Almas de tristes, almas de poetas,
Pra quem a vida foi uma agonia!

Minha doce canção dos deserdados,
Meu fado que alivias desgraçados,
Bendito sejas tu! Ave-Maria!...

VERDADES CRUÉIS

Acreditar em mulheres
É coisa que ninguém faz;
Tudo quanto amor constrói
A inconstância desfaz.

Hoje amam, amanhã 'squecem,
Ora dores, ora alegrias;
E o seu eternamente
Dura sempre uns oito dias!...

[sem título]

Li um dia, não sei onde,
Que em todos os namorados
Uns amam muito, e os outros
Contentam-se em ser amados.

Fico a cismar pensativa
Neste mistério encantado...
Digo para mim: de nós dois
Quem ama e quem é amado?...

NO HOSPITAL

À Théa

Na vasta enfermaria ela repoisa
Tão branca como a orla do lençol.
Gorjeia a sua voz ternos queixumes,
Como no bosque à noite o rouxinol.

É delicada e triste. O seu corpito
Tem o perfume casto da verbena.
Não são mais brancas as magnólias brancas
Que a sua boca tão branca e tão pequena.

Oiço dizer: Seu rosto faz sonhar!
Serão pétalas de rosa ou de luar?
Talvez a neve que chorou o Inverno...

Mas vendo-a assim tão branca, penso eu:
É um astro cansado, que do céu
Veio repoisar nas trevas dum inferno!

AS QUADRAS D'ELE III

[1]
Há em tudo quanto fitas
Pureza igual à dos céus,
Até são belos meus olhos
Quando lá poisam os teus!

[2]
Que filtro embriagante
Me deste tu a beber?
Até me esqueço de mim
E não te posso esquecer!...

[3]
Está tudo quanto olho
Na 'scuridão mais intensa,
Faltou de teus olhos lindos
A luz profunda e imensa...

[4]
Viver sozinha no mundo
É a minha triste sorte.
Ai quem me dera trocá-la
Embora fosse p'la morte!

[5]
Teus lábios cor das papoilas,
Vermelhos como o carmim,

Não são lábios nem papoilas
São pedaços de cetim.

[6]
Quando um peito amargurado
Adora seja quem for,
Por muito infame que seja
Bendito seja esse amor!

[7]
Tenho por ti uma paixão
Tão forte e acrisolada,
Que até adoro a saudade
Quando por ti é causada.

[8]
Às vezes quando anoitece
Cai em meu peito tal mágoa!...
Quero cantar. E num instante
Sinto os olhos rasos d'água!

[9]
Quando me não quiseres mais
Mata-me por piedade!
Deixares-me a vida, sem ti
É bem maior crueldade!

[10]
Queria ser a erva humilde
Que pisasses algum dia,
Pra debaixo de teus pés
Morrer em doce agonia.

[11]
Há beijos na tua boca
Pode colhê-los quem quer.
Só eu não posso. Vê tu
Que desgraçada mulher!

[12]
Quem me dera um coração
Que por mim bata somente.
Dai-me essa esmola, Senhor,
Para que eu morra contente.

[13]
Há no fado das vielas
Notas tão sentimentais,
Tão delicadas, tão belas,
Que não s'esquecem jamais!

[14]
Andam teus olhos de luto;
Sempre eles de negro andaram,
Pelas feridas que fizeram
Pelas mortes que causaram.

[15]
Olhos negros, noite infinda
Sede meu norte, meu guia,
Ó noite escura e bendita
Sê o meu sol, o meu dia!

[16]
Gosto imenso dumas flores
Muito escuras, quase pretas,

Modestas, lindas graciosas
Que se chamam violetas.

Por isso quando eu morrer,
Em prova do teu amor
Inunda de violetas
O caixão aonde eu for.

[17]
Não sei que têm meus versos;
Alegres quero fazê-los
Mas ficam-me sempre tristes
Como a cor dos teus cabelos.

CEMITÉRIOS

Cemitério da minha terra,
Paredes a branquejar;
Que bom será lá dormir
Um bom sonho sem sonhar!...

De manhã, muito cedinho
Dormir de leve, embalada
P'las canções das raparigas
Que gentis passam na 'strada.

Cantem mais devagarinho,
Mais baixinho, camponesas,
Que os vossos cantos pareçam
Tristes preces, doces rezas...

À noitinha, ao sol posto
Ouvindo as Ave-Marias!
Meu Deus, que suavidade!
Que paz de todos os dias!

Os murmúrios dos ciprestes
São doces canções aladas
Serenatas de paixão
Às almas enamoradas!

O luar imaculado
Em noites puras, serenas,

É um rio, que vai fazendo
Florir as açucenas...

Canta triste o rouxinol
Beijam-se lindos uns goivos,
E no fundo duma campa
Dormem felizes uns noivos...

Dum túmulo a outro se fala:
"Por que morreste tão nova?
Por que tão cedo vieste
Dormir numa fria cova?"

"Eu era infeliz na terra,
Ninguém me compreendia,
Quando a minh'alma chorava
Todos pensavam que eu ria..."

"E tu tão triste e tão linda,
Com olhos de quem chorou?"
"Eu tive um amor na vida
Que por outra me deixou!"

"E tu?" "Sozinha no mundo
Nunca tive o que outros têm:
Pai, mãe ou um namorado...
Morri por não ter ninguém!..."

Uma diz: "Chorava um filho
Que é uma dor sem piedade",
Outra diz num vago enleio:
"Eu cá, morri de saudade!"

De todas as campas sai
Um choro que é um mistério
É então que os vivos sentem
As vozes do cemitério...

...Vão-se calando os soluços...
E as pobres mortas de dor
Vão dormindo, acalentando
Uns sonhos brancos d'amor...

Invejo estes doces sonhos
Neste terreno funéreo.
Ai quem me dera dormir
No meu lindo cemitério!

A MULHER I

Um ente de paixão e sacrifício,
De sofrimentos cheio, eis a mulher!
Esmaga o coração dentro do peito,
E nem te doas coração, sequer!

Sê forte, corajoso, não fraquejes
Na luta; sê em Vênus sempre Marte;
Sempre o mundo é vil e infame e os homens
Se te sentem gemer hão de pisar-te!

Se às vezes tu fraquejas, pobrezinho,
Essa brancura ideal de puro arminho
Eles deixam pra sempre maculada;

E gritam então os vis: "Olhem, vejam
É aquela a infame!" e apedrejam
A probrezita, a triste, a desgraçada!

A MULHER II

Ó mulher! Como és fraca e como és forte!
Como sabes ser doce e desgraçada!
Como sabes fingir quando em teu peito
A tua alma se estorce amargurada!

Quantas morrem saudosas duma imagem
Adorada que amaram doidamente!
Quantas e quantas almas endoidecem
Enquanto a boca ri alegremente!

Quanta paixão e amor às vezes têm
Sem nunca o confessarem a ninguém
Doces almas de dor e sofrimento!

Paixão que faria a felicidade
Dum rei; amor de sonho e de saudade,
Que se esvai e que foge num lamento!

AS QUADRAS D'ELE IV

[1]
Sou mais infeliz que os pobres
Que têm fome na rua.
Também eu ando faminta
De beijos da boca tua.

[2]
A saudade é tão cruel,
É uma tão profunda dor,
Que em troca eu quisera o fel
Que bebeu Nosso Senhor!

[3]
A tristeza mais amarga,
A mais negra, a mais tristonha,
Dantes, morava em teus olhos
De luz bendita e risonha.

Dava-se mal a tristeza
Com essa luz d'alegria,
Mudou-se então pros meus olhos
Que choram de noite e dia.

[4]
Há uma palavra na terra
Que tem encantos do céu;
Não é amor, nem esperança.
Nem sequer o nome teu.

Essa palavra tão doce,
De tanta suavidade,
Que me faz chorar de dor
Quando a murmuro: é saudade!

[5]
Amor, é comunhão d'almas
No mesmo sagrado altar;
Contigo, amor da minh'alma,
Quem me dera comungar!

[6]
Não julgues tu que m'importo
Quando passas sem me olhar;
Lembra-me logo o ditado:
"Quem desdenha, quer comprar"!

[7]
Parte a minh'alma em pedaços
E atira-os pelo mundo fora;
Pequenas almas que sentem
Como a grande sente agora!

Chega para encher o mundo
O céu, a terra, os espaços,

Estas almas pequeninas,
Estes pequenos pedaços!

Mesmo assim sendo tão grande
Esta alma, ó sonhos meus!
É pequena pra conter
O fulgor dos olhos teus!

[8]
Abaixo sempre os meus olhos
Quando encontro o teu olhar;
De ver o sol de frente
Ninguém se pode gabar!

SÚPLICA

Digo pra mim
Quando ele passa:
Ave-Maria
Cheia de graça!

E quando ainda
Mal posso vê-lo:
Bendito Deus
Como ele é belo!

Embalada num sonho aurifulgente
Sei apenas que sonho vagamente,
Ao avistar, amor, teus olhos belos,

Em castelãs altivas, medievais,
Que choram às janelas ogivais,
Perdidas em românticos castelos!

VULCÕES

Tudo é frio e gelado. O gume dum punhal
Não tem a lividez sinistra da montanha
Quando a noite a inunda dum manto sem igual
De neve branca e fria onde o luar se banha

No entanto que fogo, que lavas, a montanha
Oculta no seu seio de lividez fatal
Tudo é quente lá dentro... e que paixão tamanha
A fria neve envolve em seu vestido ideal!

No gelo da indiferença ocultam-se as paixões
Como no gelo frio do cume da montanha
Se oculta a lava quente do seio dos vulcões...

Assim quando eu te falo alegre, friamente,
Sem um tremor de voz, mal sabes tu que
                                        [estranha
Paixão, palpita e ruge em mim doida e
                                        [fremente!

O MEU ALENTEJO

Meio-dia: O sol a prumo cai ardente,
Doirando tudo. Ondeiam nos trigais
D'oiro fulvo, de leve... docemente...
As papoilas sangrentas, sensuais...

Andam asas no ar; e raparigas,
Flores desabrochadas em canteiros,
Mostram por entre o oiro das espigas
Os perfis delicados e trigueiros...

Tudo é tranquilo, e casto, e sonhador...
Olhando esta paisagem que é uma tela
De Deus, eu penso então: Onde há pintor,

Onde há artista de saber profundo,
Que possa imaginar coisa mais bela,
Mais delicada e linda neste mundo?!

A VOZ DE DEUS

Ó rosas que baixais as castas frontes
Quando, à tarde, vos beija o sol poente,
Dizei-me que murmúrios vos segreda
O sol que vos beija docemente?...

Ó Luar cristalino e abençoado
Porque entristeces tu em noites belas
Quando chora baixinho o rouxinol
Um choro só ouvido pelas estrelas?...

Mistério das coisas! Em tudo existe
Um coração que sente e que palpita
Desde o sol rubro até à urze triste!

Ó mistério das coisas! Voz de Deus
Em tudo eternamente sê bendita
Na terra imensa assim como nos céus!

PAISAGEM

Uns bezerritos bebem lentamente
Na tranquila levada do moinho.
Perpassa nos seus olhos, vagamente,
A sombra duma alma cor do linho!

Junto deles um par. Naturalmente
Namorados ou noivos. De mansinho
Soltam frases d'amor... e docemente
Uma criança canta no caminho!

Um trecho de paisagem campesina,
Uma tela suave, pequenina,
Um pedaço de terra sem igual!

Oh, abre-me em teu seio a sepultura,
Minha terra d'amor e de ventura,
O meu amado e lindo Portugal!

FILHOS

À Exma. Sra. D. Glória Lomba

Filhos são as nossas almas
Desabrochadas em flores;
Filhos, estrelas caídas
No mundo das nossas dores!

Filhos, aves que chilreiam
No ninho do nosso amor,
Mensageiros da felicidade
Mandados pelo Senhor!

Filhos, sonhos adorados,
Beijos que nascem de risos;
Sol que aguenta e dá luz
E se desfaz em sorrisos!

Em todo o peito bendito
Criado pelo bom Deus,
Há uma alma de mãe
Que sofre p'los filhos seus!

Filhos! Na su'alma casta,
A nossa alma revive...
Eu sofro pelas saudades
Dos filhos que nunca tive!...

ÀS MÃES DE PORTUGAL

Ó mães doloridas, celestiais,
Misericordiosas,
Ó mães d'olhos benditos, liriais,
Ó mães piedosas

Calai as vossas mágoas, vossas dores!
Longe na crua guerra
Vossos filhos defendem, vencedores,
A nossa linda terra!

E se eles defendem a bandeira
Da terra que adorais,
Onde viram um dia a luz primeira
Ó mães porque chorais?!

Uma lágrima triste, agora é
Cobardia, fraqueza!
Nos campos de batalha cai de pé
A alma portuguesa!

Pela terra de estrelas e tomilhos,
De sol, e de luar;
Deixai ir combater os vossos filhos
Ao longe, heróis do mar!

Dum português bendito, sem igual
Eu sigo o mesmo trilho:
Por cada pedra deste Portugal
Eu arriscava um filho!

Por isso ó mães doridas, pelo leito
De morte, onde ajoelhais,
Esmagai vossa dor dentro do peito,
Ó mães não choreis mais!

A Pátria rouba os filhos, mas é mãe
A mãe de todos nós
Direito de a trair não tem ninguém
Ó mães nem sequer vós!

SÚPLICA

Olha pra mim, amor, olha pra mim;
Meus olhos andam doidos por te olhar!
Cega-me com o brilho de teus olhos
Que cega ando eu há muito por te amar.

O meu colo é arminho imaculado
Duma brancura casta que entontece;
Tua linda cabeça loira e bela
Deita em meu colo, deita e adormece!

Tenho um manto real de negras trevas
Feito de fios brilhantes d'astros belos
Pisa o manto real de negras trevas
Faz alcatifa, oh faz, de meus cabelos!

Os meus braços são brancos como o linho
Quando os cerro de leve, docemente...
Oh! Deixa-me prender-te e enlear-te
Nessa cadeia assim eternamente!...

Vem para mim, amor... Ai não desprezes
A minha adoração de escrava louca!
Só te peço que deixes exalar
Meu último suspiro na tua boca!

NOITES DA MINHA TERRA

Anda o luar espalhando fios de prata
Pelos campos fora... Lírios a flux
Lança o azul do céu... e a terra grata
Transforma em mil perfumes toda a luz!

As estrelas cadentes vão 'spalhando
Lírios brancos também... agora a terra
Parece noiva linda, que sonhando
Caminha pro altar, além na serra...

É meia-noite agora. Tudo quieto
Na noite branda, dorme... Entreaberto
Vai esfolhando o lírio do luar

As alvas folhas, que cobrindo o céu,
E todo o mar e toda a terra, um véu
Branco, de noiva, lembra a palpitar!...

VOZES DO MAR

Quando o sol vai caindo sobre as águas
Num nervoso delíquio d'oiro intenso,
Donde vem essa voz cheia de mágoas
Com que falas à terra, ó mar imenso?...

Tu falas de festins, e cavalgadas
De cavaleiros errantes ao luar?
Falas de caravelas encantadas
Que dormem em teu seio a soluçar?

Tens cantos d'epopeias? Tens anseios
D'amarguras? Tu tens também receios,
Ó mar cheio de esperança e majestade?!

Donde vem essa voz, ó mar amigo?
...Talvez a voz do Portugal antigo,
Chamando por Camões numa saudade!

CRAVOS VERMELHOS

Bocas rubras de chama a palpitar
Onde fostes buscar a cor, o tom,
Esse perfume doido a esvoaçar
Esse perfume capitoso e bom?!

Sois volúpias em flor! Ó gargalhadas
Doidas de luz, ó almas feitas risos!
Donde vem essa cor, ó desvairadas,
Lindas flores d'esculturais sorrisos?!

...Bem sei vosso segredo... Um rouxinol
Que vos viu nascer, ó flores-do-mal,
Disse-me agora: "Uma manhã, o sol

O sol vermelho e quente como estriga
de fogo, o sol do céu de Portugal
Beijou a boca a uma rapariga..."

SAUDADE

És a filha dilecta da noss'alma
Da noss'alma de sonho e de tristeza,
Andas de roxo sempre, sempre calma
Doce filha da gente portuguesa!

Em toda a terra do meu Portugal
Te sinto e vejo, toda suavidade
Como nas folhas tristes dum missal
Se sente Deus! E tu és Deus, saudade!...

Andas nos olhos negros, magoados
Das frescas raparigas. Namorados
Conhecem-te também, meu doce ralo!

Também te trago n'alma dentro em mim,
E trazendo-te sempre, sempre assim,
É bem a Pátria q'rida que eu embalo!

VISÕES DA FEBRE

Doente. Sinto-me com febre e com delírio
Enche-se o quarto de fantasmas. 'Ma visão
Desenha-se ante mim tão branca como um lírio
Debruça-se de leve... Estranha aparição!

É uma mulher de sonho e de suavidade
Como a doce magnólia florindo ao sol poente
E disse-me baixinho: "Eu chamo-me Saudade,
E venho pra levar-te o coração doente!

Não sofrerás mais; serás fria como o gelo;
Neste mundo de infâmia o que é que importa
                              [sê-lo
Nunca tu chorarás por tudo mais que vejas!"

E abriu-me o meu seio; tirou-me o coração
Despedaçado já sem 'ma palpitação,
Beijou-me e disse "Adeus!" E eu: "Bendita
                              [sejas!..."

ORAÇÃO

Ó Deus, senhor da terra, omnipotente,
Senhor do vasto mar! Senhor do céu!
Atendei esta prece humilde e crente,
Ouvi-me por piedade, Senhor meu!

Olhai por todos que amam sua terra,
Guiai aqueles que amam Portugal
Protegei os que andam pela guerra
A defender o seu torrão natal!

Lançai o vosso olhar de piedade
Por todos os que arrastam 'ma saudade
Pela Pátria distante, muito além!...

Consolai, ó meu Deus, os órfãozinhos,
As mães, as noivas, e os que têm ninhos
Despedaçados pela guerra. Amém.

MEU PORTUGAL

Meu Portugal querido, minha terra
De risos e quimeras e canções
Tens dentro em ti, esse teu peito encerra,
Tudo que faz bater os corações!

Tens o fado. A canção triste e bendita
Que todos cantam pela vida fora;
O fado que dá vida e que palpita
Na calma da guitarra aonde mora!

Tu tens também a embriaguez suave
Dos campos, da paisagem ao sol poente,
E esse sol é como um canto d'ave
Que expira à beira-mar, suavemente...

Tu tens, ó Pátria minha, as raparigas
Mais frescas, mais gentis do orbe imenso,
Tens os beijos, os risos, as cantigas
De seus lábios de sangue!... Às vezes, penso

Que tu és, Pátria minha, branca fada
Boa e linda que Deus sonhou um dia,
Para lançar no mundo, ó Pátria amada
A beleza eterna, a arte, a poesia!...

À GUERRA!

Fala o canhão. Estala o riso da metralha
Os clarins muito ao longe tocam a reunir.
O Deus da guerra ri nos campos de batalha
E tu, ó Pátria minha, ergues-te a sorrir!

Vestes alva cota bordada e rosicleres
Desfraldas a bandeira rubra dos combates,
Levas no heroico seio a alma das mulheres
E ergue-se contigo a alma de teus vates!

Levanta-se do túmulo a voz dos teus heróis,
Cintila em tua fronte o brilho desses sóis,
Até o próprio mar t'incita a combater!

Nun'Álvares arranca a espada de glória
E diz-te em voz serena: "Em busca da vitória
Meu belo Portugal, combate até morrer!"

ANSEIOS

À minha Júlia

Meu doido coração aonde vais,
No teu imenso anseio de liberdade?
Toma cautela com a realidade;
Meu pobre coração olha que cais!

Deixa-te estar quietinho! Não amais
A doce quietação da soledade?
Tuas lindas quimeras irreais,
Não valem o prazer duma saudade!

Tu chamas ao meu seio, negra prisão!...
Ai, vê lá bem, ó doido coração,
Não te deslumbre o brilho do luar!...

Não 'stendas tuas asas para o longe...
Deixa-te estar quietinho, triste monge,
Na paz da tua cela, a soluçar...

O ESPECTRO

Anda um triste fantasma atrás de mim
Segue-me os passos sempre! Aonde eu for,
Lá vai comigo... E é sempre, sempre assim
Como um fiel cão seguindo o seu Senhor!

Tem o verde dos sonhos transcendentes,
A ternura bem roxa das verbenas,
A ironia purpúrea dos poentes,
E tem também a cor das minhas penas!

Ri sempre quando eu choro, e se me deito,
Lá vai ele deitar-se ao pé do leito,
Embora eu lhe suplique: "Faz-me a graça

De me deixares uma hora ser feliz!
Deixa-me em paz!..." Mas ele, sempre diz:
"Não te posso deixar, sou a Desgraça!"

PODER DA GRAÇA

Altiva e perfumada em cetinoso trem
Passeia uma mundana à luz da tarde quente,
O seu olhar gelado onde se lê desdém
Passeia pela rua, altivo e insolente.

Para ninguém abaixa o orgulhoso olhar;
Passa o luxo da alta em luminoso traço;
Parece não ouvir da rua o murmurar
Que o seu olhar altivo é sempre triste e baço.

Nem o rir da criança ou o sorrir da luz
Dão vida àquela sombra altiva que seduz
A multidão absorta em roda, a murmurar...

Uma mendiga passa. É 'ma beleza ideal!
Nasceu do seu olhar o céu de Portugal!
....
Abaixa então a rica o luminoso olhar!

NUNCA MAIS!

Ó castos sonhos meus! Ó mágicas visões!
Quimeras cor de sol de fúlgidos lampejos!
Dolentes devaneios! Cetíneas ilusões!
Bocas que foram minhas florescendo beijos!

Vinde beijar-me a fronte ao menos um instante,
Que eu sinta esse calor, esse perfume terno;
Vivo a chorar à porta aonde outrora o Dante
Deixou toda a esp'rança ao penetrar o inferno!

Vinde sorrir-me ainda! Hei de morrer contente
Cantando uma canção alegre, doidamente,
À luz desse sorriso, ó fugitivos ais!

Vinde beijar-me a boca ungir-me de saudade
Ó sonhos cor de sol da minha mocidade!
Cala-te lá destino!... "Ó Nunca, nunca mais!..."

TRISTE DESTINO!

Quando às vezes o mar soluça tristemente
A praia abre-lhe os braços e deixa-o a gemer;
Embala-o com amor, de leve, docemente,
E canta-lhe cantigas p'ra adormecer!

Quando o Outono leva a folha rendilhada,
O vestido real da branda Primavera,
O rio abre-lhe os braços e leva amortalhada
A pequenina folha, essa ideal quimera!

O sol, agonizante e quase moribundo,
Estende os braços nus, alegre, para o mundo
Que o faz amortalhar em púrpura de lenda!

O sol, a folha, o mar tudo é feliz! Mas eu
Busco a mortalha minha até no alto céu!
E nem a cruz p'ra mim tem braços que
                        [m'estenda!

A ANTO!

Poeta da saudade, ó meu poeta q'rido
Que a morte arrebatou em seu sorrir fatal,
Ao escrever o "Só" pensaste enternecido
Que era o mais triste livro deste Portugal.

Pensaste nos que liam esse teu Missal,
Tua Bíblia de dor, o teu chorar sentido,
Temeste que esse altar pudesse fazer mal
Aos que comungam nele a soluçar contigo!

Ó Auto! Eu adoro os teus estranhos versos
Soluços que eu uni e que senti dispersos
Por todo o livro triste! Achei teu coração...

Amo-te como não te quis nunca ninguém
Como se eu fosse ó Anto a tua própria mãe
Beijando-te já frio no fundo do caixão!

DUAS QUADRAS

Não sei se tens reparado
Quando passeia, o luar
Para sempre à tua porta
E encosta-se a chorar;

E eu que passo também
Na minha mágoa a cismar
Paro junto dele, e ficamos
Abraçados a chorar!

BALADA

Amei-te muito, e eu creio que me quiseste
Também por um instante, nesse dia
Em que tão docemente me disseste
Que amavas 'ma mulher que o não sabia.

Amei-te muito, muito! Tão risonho
Aquele dia foi, aquela tarde!...
E morreu como morre todo o sonho
Deixando atrás de si só a saudade...

E na taça do amor, a ambrosia
Da quimera bebi naquele dia
A tragos bons, profundos, a cantar...

O meu sonho morreu... Que desgraçada!
....
E como o rei de Thule da balada
Deitei também a minha taça ao mar...

"NOITE TRÁGICA"

O Pavor e a Angústia andam dançando...
Um sino grita endeixas de poentes...
Na meia-noite d'hoje, soluçando,
Que preságios sinistros e dolentes!...

Tenho medo da noite!... Padre nosso
Que estais no céu... O que a minh'alma teme!
Tenho medo da noite!... Que alvoroço
Anda nesta alma enquanto o sino geme!

Jesus! Jesus, que noite imensa e triste!...
A quanta dor a nossa dor resiste
Em noite assim que a própria Dor parece...

Ó noite imensa, ó noite do Calvário
Leva contigo envolto no sudário
Da tua dor a dor que me não 'squece!

SONHOS

Ter um sonho, um sonho lindo,
Noite branda de luar,
Que se sonhasse a sorrir...
Que se sonhasse a chorar...

Ter um sonho, que nos fosse
A vida, a luz, o alento,
Que a sonhar beijasse doce
A nossa boca... um lamento...

Ser pra nós o guia, o norte,
Na vida o único trilho;
E depois ver vir a morte

Despedaçar esses laços!...
...É pior que ter um filho
Que nos morresse nos braços!

ERRANTE

Meu coração da cor dos rubros vinhos
Rasga a mortalha do meu peito brando,
E vai fugindo, e tonto vai andando
A perder-se nas brumas dos caminhos.

Meu coração o místico profeta,
O paladino audaz da desventura,
Que sonha ser um santo e um poeta
Vai procurar o Paço da Ventura...

Meu coração não chega lá decerto...
Não conhece o caminho nem o trilho,
Nem há memória desse sítio incerto...

Eu tecerei uns sonhos irreais...
Como essa mãe que viu partir o filho,
Como esse filho que não voltou mais!...

SÓ

Eu tenho pena da Lua!
Tanta pena, coitadinha,
Quando tão branca, na rua
A vejo chorar sozinha!...

As rosas nas alamedas,
E os lilases cor da neve
Confidenciam de leve
E lembram arfar de sedas...

Só a triste, coitadinha...
Tão triste na minha rua
Lá anda a chorar sozinha...

Eu chego então à janela:
E fico a olhar para a lua...
E fico a chorar com ela!...

CEGUEIRA BENDITA

Ando perdida nestes Sonhos verdes
De ter nascido e não saber quem sou,
Ando ceguinha a tactear paredes
E nem ao menos sei quem me cegou!

Não vejo nada, tudo é morto e vago...
E a minha alma cega, ao abandono
Faz-me lembrar o nenúfar dum lago
'Stendendo as asas brancas cor do sono...

Ter dentro d'alma a luz de todo o mundo
E não ver nada neste mar sem fundo,
Poetas meus Irmãos, que triste sorte!...

E chamam-nos a nós Iluminados!
Pobres cegos sem culpas, sem pecados
A sofrer pelos outros 'té à morte!

NOIVADO ESTRANHO

O Luar branco, um riso de Jesus,
Inunda a minha rua toda inteira,
E a Noite é uma flor de laranjeira
A sacudir as pétalas de luz...

O Luar é uma lenda de balada
Das que avozinhas contam à lareira,
E a Noite é uma flor de laranjeira
Que jaz na minha rua desfolhada...

O Luar vem cansado, vem de longe,
Vem casar-se co'a Terra, a feiticeira
Que enlouqueceu d'amor o pobre monge...

O Luar empalidece de cansado...
E a Noite é uma flor de laranjeira,
A perfumar o místico noivado!...

O LIVRO D' ELE
(1915-1917)

JUNQUILHOS...

Nessa tarde mimosa de saudade
Em que eu te vi partir, ó meu amor,
Levaste-me a minh'alma apaixonada
Nas folhas perfumadas duma flor.

E como a alma, dessa florzita,
Que é a minha, por ti palpita amante!
Oh alma doce, pequenina e branca,
Conserva o teu perfume estonteante!

Quando fores velha, emurchecida e triste,
Recorda ao meu amor, com teu perfume
A paixão que deixou e qu'inda existe...

Ai, dize-lhe que se lembre dessa tarde,
Que venha aquecer-se ao brando lume
Dos meus olhos que morrem de saudade!

O TEU OLHAR

Quando fito o teu olhar,
Duma tristeza fatal,
Dum tão íntimo sonhar,
Penso logo no luar
Bendito de Portugal!

O mesmo tom de tristeza,
O mesmo vago sonhar,
Que me traz a alma presa
Às festas da Natureza
E à doce luz desse olhar!

Se algum dia, por meu mal,
A doce luz me faltar
Desse teu olhar ideal,
Não se esqueça Portugal
De dizer ao seu luar

Que à noite, me vá depor
Na campa em que eu dormitar,
Essa tristeza, essa dor,
Essa amargura, esse amor,
Que eu lia no teu olhar!

DOCE MILAGRE

O dia chora. Agonizo
Com ele meu doce amor.
Nem a sombra dum sorriso,
Na Natureza diviso,
A dar-lhe vida e frescor!

A triste bruma, pesada,
Parece, detrás da serra
Fina renda, esfarrapada,
De Malines, desdobrada
Em mil voltas pela terra!

(O dia parece um réu.
Bate a chuva nas vidraças.)

As avezitas, coitadas,
'Squeceram hoje o cantar.
As flores pendem, fanadas
Nas finas hastes, cansadas
De tanto e tanto chorar...

O dia parece um réu.
Bate a chuva nas vidraças.
É tudo um imenso véu.
Nem a terra nem o céu
Se distingue. Mas tu passas...

...E o sol doirado aparece.
O dia é uma gargalhada.
A Natureza endoidece
A cantar. Tudo enternece
A minh'alma angustiada!

Rasgam-se todos os véus
As flores abrem, sorrindo.
Pois se eu vejo os olhos teus
A fitarem-se nos meus,
Não há de tudo ser lindo?!

Se eles são prodigiosos
Esses teus olhos suaves!
Basta fitá-los, mimosos,
Em dias assim chuvosos,
Para ouvir cantar as aves!

A Natureza, zangada,
Não quer os dias risonhos?...
Tu passas... e uma alvorada
Pra mim abre perfumada,
Enche-me o peito de sonhos!

CARTA PARA LONGE

O tempo vai um encanto,
A Primavera 'stá linda,
Voltaram as andorinhas...
E tu não voltaste ainda!...

Porque me fazes sofrer?
Porque te demoras tanto?
A Primavera 'stá linda...
O tempo vai um encanto...

Tu não sabes, meu amor,
Que, quem 'spera, desespera?
O tempo está um encanto...
E vai linda a Primavera...

Há imensas andorinhas;
Cobrem a terra e o céu!
Elas voltaram aos ninhos...
Volta também para o teu!...

Adeus. Saudades do sol,
Da madressilva e da hera;
Respeitosos cumprimentos
Do tempo e da Primavera.

Mil beijos da tua q'rida,
Que é tua por toda a vida.

O TRISTE PASSEIO

Vou pela estrada, sozinha.
Não me acompanha ninguém.
– Num atalho, em voz mansinha:
"Como está ele? Está bem?"

É a toutinegra curiosa;
Há em mim um doce enleio...
Nisto pergunta uma rosa:
"Então ele? Inda não veio?"

Sinto-me triste, doente...
E nem me deixam esquecê-lo!...
Nisto o sol impertinente:
"Sou um fio do seu cabelo..."

Ainda bem. É noitinha.
Enfim já posso pensar!
Ai, já me deixam sozinha!
De repente, oiço o luar:

"Que imensa mágoa me invade,
Que dor o meu peito sente!
Tenho uma enorme saudade!
De ver o teu doce ausente!"

Volto a casa. Que tristeza!
Inda é maior minha dor...
Vem depressa. A natureza
Só fala de ti, amor!

MENTIRAS

> *"Ai quem me dera uma feliz mentira,*
> *Que fosse uma verdade para mim!"*
> J. Dantas

Tu julgas que eu não sei que tu me mentes
Quando o teu doce olhar poisa no meu?
Pois julgas que eu não sei o que tu sentes?
Qual a imagem que alberga o peito teu?

Ai, se o sei, meu amor! Eu bem distingo
O bom sonho da feroz realidade...
Não palpita d'amor, um coração
Que anda vogando em ondas de saudade!

Embora mintas bem, não te acredito;
Perpassa nos teus olhos desleais,
O gelo do teu peito de granito...

Mas finjo-me enganada, meu encanto,
Que um engano feliz vale bem mais
Que um desengano que nos custa tanto!

OS MEUS VERSOS

Leste os meus versos? Leste? E adivinhaste
O encanto supremo que os ditou?
Acaso, quando os leste, imaginaste
Que era o teu esse olhar que os inspirou?

Adivinhaste? Eu não posso acreditar
Que adivinhasses, vês? E até, sorrindo,
Tu disseste para ti: "Por um olhar
Somente, embora fosse assim tão lindo,

Ficar amando um homem!... Que loucura!"
– Pois foi o teu olhar; a noite escura,
– (Eu só a ti digo, e muito a medo...)

Que inspirou esses versos! Teu olhar
Que eu trago dentro d'alma a soluçar!
....
Ai não descubras nunca o meu segredo!

[sem título]

Meu fado, meu doce amigo
Meu grande consolador
Eu quero ouvir-te rezar,
Orações à minha dor!

Só no silêncio da noite
Vibrando perturbador,
Quantas almas não consolas
Nessa toada d'amor!

Cantando p'r uma voz pura
Eu quero ouvir-te também
P'r uma voz que me recorde
A doce voz do meu bem!

Pela calada da noite
Quando o luar é dolente
Eu quero ouvir essa voz
Docemente... docemente...

AOS OLHOS D'ELE

Não acredito em nada. As minhas crenças
Voaram como voa a pomba mansa,
Pelo azul do ar. E assim fugiram
As minhas doces crenças de criança.

Fiquei então sem fé; e a toda a gente
Eu digo sempre, embora magoada:
Não acredito em Deus e a Virgem Santa
É uma ilusão apenas e mais nada!

Mas avisto os teus olhos, meu amor,
Duma luz suavíssima de dor...
E grito então ao ver esses dois céus:

Eu creio, sim, eu creio na Virgem Santa
Que criou esse brilho que m'encanta!
Eu creio, sim, creio, eu creio em Deus!

MISTÉRIO D'AMOR

Um mistério que trago dentro em mim
Ajuda-me, minh'alma a descobrir...
É um mistério de sonho e de luar
Que ora me faz chorar, ora sorrir!

Viemos tanto tempo tão amigos!
E sem que o teu olhar puro toldasse
A pureza do meu. E sem que um beijo
As nossas bocas rubras desfolhasse!

Mas um dia, uma tarde... houve um fulgor,
Um olhar que brilhou... e mansamente...
Ai, dize ó meu encanto, meu amor:

Porque foi que somente nessa tarde
Nos olhamos assim tão docemente
Num grande olhar d'amor e de saudade?!

ESCREVE-ME...

Escreve-me! Ainda que seja só
Uma palavra, uma palavra apenas,
Suave como o teu nome e casta
Como um perfume casto d'açucenas!

Escreve-me! Há tanto, há tanto tempo
Que te não vejo, amor! Meu coração
Morreu já, e no mundo aos pobres mortos
Ninguém nega uma frase d'oração!

"Amo-te!" Cinco letras pequeninas,
Folhas leves e tenras de boninas,
Um poema d'amor e felicidade!

Não queres mandar-me esta palavra apenas?
Olha, manda então... brandas... serenas...
Cinco pétalas roxas de saudade...

O TEU SEGREDO

O mundo diz-te alegre porque o riso
Desabrocha em tua boca, docemente
Como uma flor de luz! Meigo sorriso
Que na tua boca poisa alegremente!

Chama-te o mundo alegre. Ai, meu amor,
Só eu inda li bem nessa alegria!...
Também parece alegre a triste cor
Do sol, à tarde, ao despedir-se o dia!...

És triste; eu sei. Toda suavidade
Tão roxa, como é roxa uma saudade
É a tua alma, amor, cheia de mágoa.

Eu sei que és triste, sei. O meu olhar
Descobriu o segredo, que a cantar
Repoisa nos teus olhos rasos d'água!...

DOCE CERTEZA

Por essa vida fora hás de adorar
Lindas mulheres, talvez; em ânsia louca,
Em infinito anseio hás de beijar
Estrelas d'oiro fulgindo em muita boca!

Hás de guardar em cofre perfumado
Cabelos d'oiro e risos de mulher,
Muito beijo d'amor apaixonado;
E não te lembrarás de mim sequer!...

Hás de tecer uns sonhos delicados...
Hão de por muitos olhos magoados,
Os teus olhos de luz andar imersos!...

Mas nunca encontrarás p'la vida fora,
Amor assim como este amor que chora
Neste beijo d'amor que são meus versos!

SONHO MORTO

Nosso sonho morreu. Devagarinho,
Rezemos uma prece doce e triste
Por alma desse sonho! Vá... baixinho...
Por esse sonho, amor, que não existe!

Vamos encher-lhe o seu caixão dolente
De roxas violetas; triste cor!
Triste como ele, nascido ao sol poente,
O nosso sonho... ai!... reza baixo... amor...

Foste tu que o mataste! E foi sorrindo,
Foi sorrindo e cantando alegremente,
Que tu mataste o nosso sonho lindo!

Nosso sonho morreu... Reza mansinho...
Ai, talvez que rezando, docemente,
O nosso sonho acorde... mais baixinho...

SONHANDO...

É noite pura e linda. Abro a minha janela
E olho suspirando o infinito céu,
Fico a sonhar de leve em muita coisa bela
Fico a pensar em ti e neste amor que é teu!

D'olhos fechados sonho. A noite é uma elegia
Cantando brandamente um sonho todo d'alma
E enquanto a lua branca o linho bom desfia
Eu sinto almas passar na noite linda e calma.

Lá vem a tua agora... Numa carreira louca
Tão perto que passou, tão perto à minha boca
Nessa carreira doida, estranha e caprichosa,

Que a minh'alma cativa estremece, esvoaça
Para seguir a tua, como a folha de rosa
Segue a brisa que a beija... e a tua alma passa!...

DESEJO

Quero-te ao pé de mim na hora de morrer.
Quero, ao partir, levar-te, todo suavidade,
Ó doce olhar de sonho, ó vida dum viver
Amortalhado sempre à luz duma saudade!

Quero-te junto a mim quando o meu rosto
                              [branco
Se ungir da palidez sinistra do não ser,
E quero ainda, amor, no meu supremo
                              [arranco
Sentir junto ao meu seio teu coração bater!

Que seja a tua mão tão branda como a neve
Que feche o meu olhar numa carícia leve
Em doce perpassar de pétala de lis...

Que seja a tua boca rubra como o sangue
Que feche a minha boca, a minha boca
                              [exangue!...
....
Ah, venha a morte já que eu morrerei feliz!...

CONFISSÃO

Aborreço-te muito. Em ti há qualquer cousa
De frio e de gelado, de pérfido e cruel,
Como um orvalho frio no tampo duma lousa,
Como em doirada taça algum amargo fel.

Odeio-te também. O teu olhar ideal
O teu perfil suave, a tua boca linda,
São belas expressões de todo o humano mal
Que inunda o mar e o céu e toda a terra infinda.

Desprezo-te também. Quando te ris e falas,
Eu fico-me a pensar no mal que tu calas
Dizendo que me queres em íntimo fervor!

Odeio-te e desprezo-te. Aqui toda a minh'alma
Confessa-to a rir, muito serena e calma!
....
Ah, como eu te adoro, como eu te quero,
                                     [amor!...

AONDE?...

Ando a chamar por ti, demente, alucinada,
Aonde estás, amor? Aonde... aonde... aonde?...
O eco ao pé de mim segreda... desgraçada...
E só a voz do eco, irônica, responde!

Estendo os braços meus! Chamo por ti ainda!
O vento, aos meus ouvidos, soluça a
                              [murmurar;
Parece a tua voz, a tua voz tão linda
Cantando como um rio banhado de luar!

Eu grito a minha dor, a minha dor intensa!
Esta saudade enorme, esta saudade imensa!
E só a voz do eco à minha voz responde...

Em gritos, a chorar, soluço o nome teu
E grito ao mar, à terra, ao puro azul do céu:
Aonde estás, amor? Aonde... aonde... aonde?...

QUEM SABE?!...

Eu sigo-te e tu foges. É este o meu destino:
Beber o fel amargo em luminosa taça,
Chorar amargamente um beijo teu, divino,
E rir olhando o vulto altivo da desgraça!

Tu foges-me, e eu sigo o teu olhar bendito;
Por mais que fujas sempre, um sonho há de
                           [alcançar-te
Se um sonho pode andar por todo o infinito,
De que serve fugir se um sonho há de
                           [encontrar-te?!

Demais, nem eu talvez, perceba se o amor
É este perseguir de raiva, de furor,
Com que eu te sigo assim como os rafeiros
                           [leais.

Ou se é então a fuga eterna, misteriosa,
Com que me foges sempre, ó noite tenebrosa!
....
Por me fugires, sim, talvez me queiras mais!

HUMILDADE

Toda a terra que pisas, eu q'ria, ajoelhada,
Beijar terna e humilde em lânguido fervor;
Q'ria poisar fervente a boca apaixonada
Em cada passo teu, ó meu bendito amor!

De cada beijo meu, havia de nascer
Uma sangrenta flor! Ébria de luz, ardente!
No colo purpurino havia de trazer
Desfeito no perfume o mist'rioso Oriente!

Q'ria depois colher essas flores reais,
Essas flores de sonho, estranhas, sensuais,
E lançar-tas aos pés em perfumados molhos.

Bem paga ficaria, ó meu cruel amante!
Se, sobre elas, eu visse apenas um instante
Cair como um orvalho os teus divinos olhos!

ORAÇÃO DE JOELHOS

Bendita seja a mãe que te gerou!
Bendito o leite que te fez crescer!
Bendito o berço aonde te embalou
A tua ama pra te adormecer!

Bendito seja o brilho do luar
Da noite em que nasceste tão suave,
Que deu essa candura ao teu olhar
E à tua voz esse gorjeio d'ave!

Benditos sejam todos que te amarem!
Os que em volta de ti ajoelharem
Numa grande paixão, fervente, louca!

E se mais, que eu, um dia te quiser
Alguém, bendita seja essa mulher!
Bendito seja o beijo dessa boca!

AOS OLHOS D'ELE

É noite de luar casto e divino.
Tudo é brancura, tudo é castidade...
Parece que Jesus, doce bambino,
Anda pisando as ruas da cidade...

E eu que penso na suavidade
Do tempo que não volta, que não passa,
Olho o luar, chorando de saudade
De teus olhos claros cheios de graça!...

Oceanos de luz que procurando
O seu leito d'amor, andam sonhando
Por esta noite linda de luar...

Talvez o perfumado, o brando leito
Que procurais, ó olhos, no meu peito
Esteja à vossa espera a soluçar...

DESDÉM

Andas dum lado pro outro
Pela rua passeando;
Finges que não queres ver
Mas sempre me vais olhando.

É um olhar fugidio,
Olhar que dura um instante,
Mas deixa um rasto de estrelas
O doce olhar saltitante...

É esse rasto bendito
Que atraiçoa o teu olhar,
Pois é tão leve e fugaz
Que eu nem o sinto passar!

Quem tem uns olhos assim
E quer fingir o desdém,
Não pode nem um instante
Olhar os olhos d'alguém...

Por isso vai caminhando...
E se queres a muita gente
Demonstrar que me desprezas
Olha os meus olhos de frente!...

RÚSTICA

Eu q'ria ser camponesa;
Ir esperar-te à tardinha
Quando é doce a Natureza
No silêncio da devesa,
E só voltar à noitinha...

Levar o cântaro à fonte
Deixá-lo devagarinho,
E correndo pela ponte
Que fica detrás do monte
Ir encontrar-te sozinho...

E depois quando o luar
Andasse pelas estradas,
D'olhos cheios do teu olhar
Eu voltaria a sonhar,
P'los caminhos de mãos dadas.

E depois se toda a gente
Perguntasse: "Que encarnada,
Rapariga! Estás doente?"
Eu diria: "É do poente,
Que assim me fez encarnada!"

E fitando ao longe a ponte,
Com meu olhar cheio do teu,
Diria a sorrir pro monte:
"O cant'ro ficou na fonte
Mas os beijos trouxe-os eu..."

?!

Se as tuas mãos divinas folhearem
As páginas de luto uma por uma
Deste meu livro humilde; se poisarem
Esses teus claros olhos como espuma

Nos meus versos d'amor, se docemente
Tua boca os beijar, lendo-os, um dia;
Se o teu sorrir pairar suavemente
Nessas palavras minhas d'agonia,

Repara e vê! Sob essas mãos benditas,
Sob esses olhos teus, sob essa boca,
Hão de pairar carícias infinitas!

Eu atirei minh'alma como um rito
Às trevas desse livro, assim, ó louca!
A noite atira sóis ao infinito!...

SÚPLICA

A prece que eu murmuro, a soluçar
Ao Deus todo bondade e todo amor,
É rezada de rastos no altar
Onde a tristeza reza com a dor!

A minha boca reza-a comovida,
Chora-a meus olhos, beija-a o meu peito,
Sonha-a minh'alma sempre enternecida
Ao ver-te rir, ó meu Amor Perfeito...

Que o Deus do céu atenda a minha prece,
Embora eu saiba nesta desventura
Que Deus só ouve aquele que o merece!

Mas vou pedindo ao Deus de piedade,
Que te conceda anos de ventura,
Como dias a mim de inf'licidade!...

ESCUTA...

À Beatriz Carvalho

Escuta, amor, escuta a voz que ao teu ouvido
Te canta uma canção na rua em que morei,
Essa soturna voz há de contar-te, amigo
Por essa rua minha os sonhos que sonhei!

Fala d'amor a voz em tom enternecido,
Escuta-a com bondade. O muito que te amei
Anda pairando aí em sonho comovido
A envolver-te em oiro!... Assim s'envolve
[um rei!

Num nimbo de saudade e doce como a asa
Recorta-se no céu a minha humilde casa
Onde ficou minh'alma assim como penada

A arrastar grilhões como um fantasma triste.
É dela a voz que fala, é dela a voz que existe
Na rua em que morei... Anda crucificada!

A ESTA HORA...

A esta hora branda d'amargura,
A esta hora triste em que o luar
Anda chorando, Ó minha desventura
Onde estás tu? Onde anda o teu olhar?

A noite é calma e triste... a murmurar
Anda o vento, de leve, na doçura
Ideal do aveludado ar
Onde estrelas palpitam... Noite escura

Dize-me onde ele está o meu amor,
Onde o vosso luar o vai beijar,
Onde as vossas estrelas co fulgor

Do seu brilho de fogo o vão cobrir!...
Dize-me onde ele está!... Talvez a olhar
A mesma noite linda a refulgir...

SOL POSTO

Sol posto. O sino ao longe dá Trindades
Nas ravinas do monte andam cantando
As cigarras dolentes... E saudades
Nos atalhos parecem dormitando...

É esta a hora em que a suave imagem
Do bem que já foi nosso nos tortura
O coração no peito, em que a paisagem
Nos faz chorar de dor e d'amargura...

É a hora também em que cantando
As andorinhas vão p'lo meio das ruas
Para os ninhos, contentes, chilreando...

Quem me dera também, amor, que fosse
Esta a hora de todas a mais doce
Em que eu unisse as minhas mãos às tuas!...

ESTRELA CADENTE

Traço de luz... lá vai! Lá vai! Morreu.
Do nosso amor me lembra a suavidade...
Da estrela não ficou nada no céu
Do nosso sonho em ti nem a saudade!

Pra onde iria a 'strela? Flor fugida
Ao ramalhete atado no infinito...
Que ilusão seguiria entontecida
A linda estrela de fulgir bendito?...

Aonde iria, aonde iria a flor?
(Talvez, quem sabe?... ai quem soubesse,
                            [amor!)
Se tu o vires minha bendita estrela

Alguma noite... Deves conhecê-lo!
Falo-te tanto nele!... Pois ao vê-lo
Dize-lhe assim: "Por que não pensas nela?..."

VERSOS

Versos! Versos! Sei lá o que são versos...
Pedaços de sorriso, branca espuma,
Gargalhadas de luz, cantos dispersos,
Ou pétalas que caem uma a uma...

Versos!... Sei lá! Um verso é teu olhar,
Um verso é teu sorriso e os de Dante
Eram o seu amor a soluçar
Aos pés da sua estremecida amante!

Meus versos!... Sei eu lá também que são...
Sei lá! Sei lá!... Meu pobre coração
Partido em mil pedaços são talvez...

Versos! Versos! Sei lá o que são versos...
Meus soluços de dor que andam dispersos
Por este grande amor em que não crês!...

LIVRO DE MÁGOAS

Primeiro livro de Florbela a ser editado
(JUNHO DE 1919)

A meu Pai
Ao meu melhor amigo

À querida Alma irmã da minha,
Ao meu Irmão

Procuremos somente a Beleza, que a vida
É um punhado infantil de areia ressequida.
Um som d'água ou de bronze e uma sombra que passa...
                                              Eugénio de Castro

Isolés dans l'amour ainsi qu'en um bois noir,
Nos deux coeurs, exalant leur tendresse paisible,
Seront deux rossignols qui chantent dans le soir.
                                              Verlaine

ESTE LIVRO...

Este livro é de mágoas. Desgraçados
Que no mundo passais, chorai ao lê-lo!
Somente a vossa dor de Torturados
Pode, talvez, senti-lo... e compreendê-lo...

Este livro é para vós. Abençoados
Os que o sentirem, sem ser bom nem belo!
Bíblia de tristes... Ó Desventurados,
Que a vossa imensa dor se acalme ao vê-lo!

Livro de Mágoas... Dores... Ansiedades!
Livro de Sombras... Névoas... e Saudades!
Vai pelo mundo... (Trouxe-o no meu seio...)

Irmãos na Dor, os olhos rasos de água,
Chorai comigo a minha imensa mágoa,
Lendo o meu livro só de mágoas cheio!...

VAIDADE

Sonho que sou a Poetisa eleita,
Aquela que diz tudo e tudo sabe,
Que tem a inspiração pura e perfeita,
Que reúne num verso a imensidade!

Sonho que um verso meu tem claridade
Para encher todo o mundo! E que deleita
Mesmo aqueles que morrem de saudade!
Mesmo os de alma profunda e insatisfeita!

Sonho que sou Alguém cá neste mundo...
Aquela de saber vasto e profundo,
Aos pés de quem a terra anda curvada!

E quando mais no céu eu vou sonhando,
E quando mais no alto ando voando,
Acordo do meu sonho... E não sou nada!...

EU...

Eu sou a que no mundo anda perdida,
Eu sou a que na vida não tem norte,
Sou a irmã do Sonho, e desta sorte
Sou a crucificada... a dolorida...

Sombra de névoa tênue e esvaecida,
E que o destino amargo, triste e forte,
Impele brutalmente para a morte!
Alma de luto sempre incompreendida!...

Sou aquela que passa e ninguém vê...
Sou a que chamam triste sem o ser...
Sou a que chora sem saber por quê...

Sou talvez a visão que Alguém sonhou,
Alguém que veio ao mundo pra me ver,
E que nunca na vida me encontrou!

CASTELÃ

Altiva e couraçada de desdém
Vivo sozinha em meu castelo, a Dor...
Debruço-me às ameias ao sol-pôr
E ponho-me a cismar não sei em quem!

Castelã da Tristeza vês alguém?!...
– E o meu olhar é interrogador...
E rio e choro! É sempre o mesmo horror
E nunca, nunca vi passar ninguém!

– Castelã da Tristeza por que choras,
Lendo toda de branco um livro d'horas
A sombra rendilhada dos vitrais?...

Castelã da Tristeza, é bem verdade,
Que a tragédia infinita é a Saudade!
Que a tragédia infinita é Nunca Mais!!

CASTELÃ DA TRISTEZA

Altiva e couraçada de desdém
Vivo sozinha em meu castelo: a Dor!
Passa por ele a luz de todo o amor...
E nunca em meu castelo entrou alguém!

Castelã da Tristeza, vês?... A quem?!...
– E o meu olhar é interrogador –
Perscruto, ao longe, as sombras do sol-pôr...
Chora o silêncio... nada... ninguém vem...

Castelã da Tristeza, por que choras
Lendo, toda de branco, um livro de horas,
A sombra rendilhada dos vitrais?...

À noite, debruçada pelas ameias,
Por que rezas baixinho?... Por que anseias?...
Que sonho afagam tuas mãos reais?...

TORTURA

Tirar dentro do peito a Emoção,
A lúcida Verdade, o Sentimento!
– E ser, depois de vir do coração,
Um punhado de cinza esparso ao vento!...

Sonhar um verso d'alto pensamento,
E puro como um ritmo d'oração!
– E ser, depois de vir do coração,
O pó, o nada, o sonho dum momento!...

São assim ocos, rudes, os meus versos:
Rimas perdidas, vendavais dispersos,
Com que eu iludo os outros, com que minto!

Quem me dera encontrar o verso puro,
O verso altivo e forte, estranho e duro,
Que dissesse, a chorar, isto que sinto!!

LÁGRIMAS OCULTAS

Se me ponho a cismar em outras eras
Em que ri e cantei, em que era q'rida,
Parece-me que foi noutras esferas,
Parece-me que foi numa outra vida...

E a minha triste boca dolorida
Que dantes tinha o rir das Primaveras,
Esbate as linhas graves e severas
E cai num abandono de esquecida!

E fico, pensativa, olhando o vago...
Toma a brandura plácida dum lago
O meu rosto de monja de marfim...

E as lágrimas que choro, branca e calma,
Ninguém as vê brotar dentro da alma!
Ninguém as vê cair dentro de mim!

TORRE DE NÉVOA

Subi ao alto, à minha Torre esguia,
Feita de fumo, névoas e luar,
E pus-me, comovida, a conversar
Com os poetas mortos, todo o dia.

Contei-lhes os meus sonhos, a alegria
Dos versos que são meus, do meu sonhar,
E todos os poetas, a chorar,
Responderam-me então: "Que fantasia,

Criança doida e crente! Nós também
Tivemos ilusões, como ninguém,
E tudo nos fugiu, tudo morreu!..."

Calaram-se os poetas, tristemente...
E é desde então que eu choro amargamente
Na minha Torre esguia junto ao Céu!...

A MINHA DOR

A Você

A minha Dor é um convento ideal
Cheio de claustros, sombras, arcarias,
Aonde a pedra em convulsões sombrias
Tem linhas dum requinte escultural.

Os sinos têm dobres d'agonias
Ao gemer, comovidos, o seu mal...
E todos têm sons de funeral
Ao bater horas, no correr dos dias...

A minha Dor é um convento. Há lírios
Dum roxo macerado de martírios,
Tão belos como nunca os viu alguém!

Nesse triste convento aonde eu moro,
Noites e dias rezo e grito e choro!
E ninguém ouve... ninguém vê... ninguém...

DIZERES ÍNTIMOS

É tão triste morrer na minha idade!
E vou ver os meus olhos, penitentes
Vestidinhos de roxo, como crentes
Do soturno convento da Saudade!

E logo vou olhar (com que ansiedade!...)
As minhas mãos esguias, languescentes,
De brancos dedos, uns bebês doentes
Que hão de morrer em plena mocidade!

E ser-se novo é ter-se o Paraíso,
É ter-se a estrada larga, ao sol, florida,
Aonde tudo é luz e graça e riso!

E os meus vinte e três anos... (Sou tão nova!)
Dizem baixinho a rir: "Que linda a vida!..."
Responde a minha Dor: "Que linda a cova!"

AS MINHAS ILUSÕES

Hora sagrada dum entardecer
D'Outono, à beira-mar, cor de safira.
Soa no ar uma invisível lira...
O sol é um doente a enlanguescer...

A vaga estende os braços a suster,
Numa dor de revolta cheia de ira,
A doirada cabeça que delira
Num último suspiro, a estremecer!

O sol morreu... e veste luto o mar...
E eu vejo a urna d'oiro, a baloiçar,
A flor das ondas, num lençol d'espuma!

As minhas Ilusões, doce tesoiro,
Também as vi levar em urna d'oiro,
No Mar da Vida, assim... uma por uma...

NEURASTENIA

Sinto hoje a alma cheia de tristeza!
Um sino dobra em mim, Ave-Marias!
Lá fora, a chuva, brancas mãos esguias,
Faz na vidraça rendas de Veneza...

O vento desgrenhado, chora e reza
Por alma dos que estão nas agonias!
E flocos de neve, aves brancas, frias,
Batem as asas pela Natureza...

Chuva... tenho tristeza! Mas por quê?!
Vento... tenho saudades! Mas de quê?!
Ó neve que destino triste o nosso!

Ó chuva! Ó vento! Ó neve! Que tortura!
Gritem ao mundo inteiro esta amargura,
Digam isto que sinto que eu não posso!!...

PEQUENINA

À Maria Helena Falcão Risques

És pequenina e ris... A boca breve
É um pequeno idílio cor-de-rosa...
Haste de lírio frágil e mimosa!
Cofre de beijos feito sonho e neve!

Doce quimera que a nossa alma deve
Ao Céu que assim te fez tão graciosa!
Que nesta vida amarga e tormentosa
Te fez nascer como um perfume leve!

O ver o teu olhar faz bem à gente...
E cheira e sabe, a nossa boca, a flores
Quando o teu nome diz, suavemente...

Pequenina que a Mãe de Deus sonhou,
Que ela afaste de ti aquelas dores
Que fizeram de mim isto que sou!

MAIOR TORTURA

Sou a sombra profunda dos espaços
Eu sou a dor dum pobre enlouquecido
Ergo aos céus mudos meus braços
E o céu é sempre azul e sempre nudo.

À terra não me prendem nenhuns laços
Perco-me em mim na dor de ter vivido!
E não tenho a doçura duns abraços
Que me façam sorrir de ter nascido!

Sou como tu um cardo desprezado,
A urze que se pisa sob os pés,
Sou como tu um riso desgraçado!

Mas a minha Tortura ainda é maior:
Não ser Poeta assim como tu és
Para falar assim da minha Dor!

A MAIOR TORTURA

A um grande poeta de Portugal

Na vida, para mim, não há deleite.
Ando a chorar convulsa noite e dia...
E não tenho uma sombra fugidia
Onde poise a cabeça, onde me deite!

E nem flor de lilás tenho que enfeite
A minha atroz, imensa nostalgia!...
A minha pobre Mãe tão branca e fria
Deu-me a beber a Mágoa no seu leite!

Poeta, eu sou um cardo desprezado,
A urze que se pisa sob os pés.
Sou, como tu, um riso desgraçado!

Mas a minha tortura inda é maior:
Não ser poeta assim como tu és,
Para gritar num verso a minha Dor!...

A FLOR DO SONHO

A Flor do Sonho alvíssima, divina
Miraculosamente abriu em mim,
Como se uma magnólia de cetim
Fosse florir num muro todo em ruína.

Pende em meu seio a haste branda e fina.
E não posso entender como é que, enfim,
Essa tão rara flor abriu assim!...
Milagre... fantasia... ou talvez, sina...

Ó Flor, que em mim nasceste sem abrolhos,
Que tem que sejam tristes os meus olhos
Se eles são tristes pelo amor de ti?!...

Desde que em mim nasceste em noite calma,
Voou ao longe a asa da minh'alma
E nunca, nunca mais eu me entendi...

NOITE DE SAUDADE

A Noite vem poisando devagar
Sobre a terra que inunda de amargura...
E nem sequer a bênção do luar
A quis tornar divinamente pura...

Ninguém vem atrás dela a acompanhar
A sua dor que é cheia de tortura...
E eu oiço a Noite imensa soluçar!
E eu oiço soluçar a Noite escura!

Por que és assim tão 'scura, assim tão triste?!
É que, talvez, ó Noite, em ti existe
Uma Saudade igual à que eu contenho!

Saudade que eu nem sei donde me vem...
Talvez de ti, ó Noite!... Ou de ninguém!...
Que eu nunca sei quem sou, nem o que tenho!!

ANGÚSTIA

Tortura do pensar! Triste lamento!
Quem nos dera calar a tua voz!
Quem nos dera cá dentro, muito a sós,
Estrangular a hidra num momento!

E não se quer pensar!... E o pensamento
Sempre a morder-nos bem, dentro de nós...
Q'rer apagar no Céu – Ó sonho atroz! –
O brilho duma estrela, como o vento!...

E não se apaga, não... nada se apaga!
Vem sempre rastejando como a vaga...
Vem sempre perguntando: "O que te resta?..."

Ah! não ser mais que o vago, o infinito!
Ser pedaço de gelo, ser granito,
Ser rugido de tigre na floresta!

AMIGA

Deixa-me ser a tua amiga, Amor;
A tua amiga só, já que não queres
Que pelo teu amor seja a melhor
A mais triste de todas as mulheres.

Que só, de ti, me venha mágoa e dor
O que me importa a mim?! O que quiseres
É sempre um sonho bom! Seja o que for
Bendito sejas tu por mo dizeres!

Beija-me as mãos, Amor, devagarinho...
Como se os dois nascêssemos irmãos,
Aves cantando, ao sol, no mesmo ninho...

Beija-mas bem!... Que fantasia louca
Guardar assim, fechados, nestas mãos,
Os beijos que sonhei pra minha boca!...

[sem título]

Eu q'ria ser o Mar ingente e forte
O mar enorme, a vastidão imensa...
Eu q'ria ser a árvore que não pensa
Que ri do mundo vão e até da morte...

Eu q'ria ser o Sol, irmão do Mar
O bem do que é humilde e pobrezinho...
Eu q'ria ser a pedra do caminho
Que nao sofre a tortura do pensar...

Mas o Mar também chora de tristeza,
E a árv're também como quem reza
Levanta aos céus os braços como um crente!

E o Sol cheio de mágoa ao fim de um dia,
Tem lágrimas de sangue na agonia,
E as pedras, essas, pisa-as toda a gente...

DESEJOS VÃOS

Eu q'ria ser o mar d'altivo porte
Que ri e canta, a vastidão imensa!
Eu q'ria ser a pedra que não pensa,
A pedra do caminho, rude e forte!

Eu q'ria ser o sol, a luz intensa,
O bem do que é humilde e não tem sorte!
Eu q'ria ser a árvore tosca e densa
Que ri do mundo vão e até da morte!

Mas o Mar também chora de tristeza...
As Árvores também, como quem reza,
Abrem, aos Céus, os braços, como um crente!

E o Sol altivo e forte, ao fim dum dia,
Tem lágrimas de sangue na agonia!
E as Pedras... essas... pisa-as toda a gente!...

A UM LIVRO

No silêncio de cinzas do meu Ser
Agita-se uma sombra de cipreste,
É uma sombra triste que ando a ler
No livro cheio de mágoa que me deste!

Estranho livro aquele que escreveste
Poeta da saudade e do sofrer
Estranho livro em que puseste
Tudo o que eu sinto sem poder dizer!

Parece que folheio toda a minh'alma!
O livro que me deste, é meu e salma
As orações que choro e rio e canto!

Poeta igual a mim, ai quem me dera
Dizer o que tu dizes! Quem soubera
Velar a minha Dor desse teu manto!

A UM LIVRO

No silêncio de cinzas do meu Ser
Agita-se uma sombra de cipreste,
Sombra roubada ao livro que ando a ler,
A esse livro de mágoas que me deste!

Estranho livro aquele que escreveste,
Artista da saudade e do sofrer!
Estranho livro aquele em que puseste
Tudo o que eu sinto, sem poder dizer!

Leio-o e folheio, assim, toda a minh'alma.
O livro que me deste é meu e salma
As orações que choro e rio e canto!...

Poeta igual a mim, ai quem me dera
Dizer o que tu dizes!... Quem soubera
Velar a minha Dor desse teu manto!...

PIOR VELHICE

Sou velha e triste. Nunca o alvorecer
Dum riso são andou na minha boca!
Gritando que me acudam, em voz rouca,
Eu, náufraga da Vida, ando a morrer!

A Vida que ao nascer enfeita e touca
D'alvas rosas, a fronte da mulher,
Na minha fronte mística de louca
Martírios só poisou a emurchecer!

E dizem que sou nova... A mocidade
Estará só, então, na nossa idade,
Ou está em nós e em nosso peito mora?!...

Tenho a pior velhice, a que é mais triste,
Aquela onde nem sequer existe
Lembrança de ter sido nova... outrora...

ALMA PERDIDA

Toda esta noite o rouxinol chorou,
Gemeu, rezou, gritou perdidamente!
Alma de rouxinol, alma de gente,
Tu és, talvez, alguém que se finou!

Tu és, talvez, um sonho que passou,
Que se fundiu na Dor, suavemente...
Talvez sejas a alma, alma doente
D'alguém que quis amar e nunca amou!

Toda a noite choraste... e eu chorei
Talvez porque, ao ouvir-te, adivinhei
Que ninguém é mais triste do que nós!

Contaste tanta coisa à noite calma,
Que eu pensei que tu eras a minh'alma
Que chorasse perdida em tua voz!...

ORAÇÃO DE JOELHOS

Bendita seja a mãe que te gerou!
Bendito o leite que te fez crescer!
Bendito o berço aonde te embalou
A tua ama pra te adormecer!

Bendito seja o brilho do luar
Da noite em que nasceste tão suave,
Que deu essa candura ao teu olhar
E à tua voz esse gorjeio d'ave!

Benditos sejam todos que te amarem!
Os que em volta de ti ajoelharem
Numa grande paixão, fervente, louca!

E se mais que eu, um dia te quiser
Alguém, bendita seja essa mulher!
Bendito seja o beijo dessa boca!

DE JOELHOS

"Bendita seja a Mãe que te gerou."
Bendito o leite que te fez crescer.
Bendito o berço aonde te embalou
A tua ama, pra te adormecer!

Bendita essa canção que acalentou
Da tua vida o doce alvorecer...
Bendita seja a lua que inundou
De luz, a terra, só para te ver...

Benditos sejam todos que te amarem,
As que em volta de ti ajoelharem,
Numa grande paixão fervente e louca!

E se mais que eu, um dia, te quiser
Alguém, bendita seja essa Mulher,
Bendito seja o beijo dessa boca!!

LANGUIDEZ

Tardes da minha terra, doce encanto,
Tardes duma pureza d'açucenas,
Tardes de sonho, as tardes de novenas,
Tardes de Portugal, as tardes d'Anto,

Como eu vos quero e amo! Tanto! Tanto!...
Horas benditas, leves como penas,
Horas de fumo e cinza, horas serenas,
Minhas horas de dor em que eu sou santo!

Fecho as pálpebras roxas, quase pretas,
Que poisam sobre duas violetas,
Asas leves cansadas de voar...

E a minha boca tem uns beijos mudos...
E as minhas mãos, uns pálidos veludos,
Traçam gestos de sonho pelo ar...

PARA QUÊ?!

Tudo é vaidade neste mundo vão...
Tudo é tristeza; tudo é pó, é nada!
E mal desponta em nós a madrugada,
Vem logo a noite encher o coração!

Até o amor nos mente, essa canção
Que o nosso peito ri à gargalhada,
Flor que é nascida e logo desfolhada,
Pétalas que se pisam pelo chão!...

Beijos d'amor! Pra quê?!... Tristes vaidades!
Sonhos que logo são realidades,
Que nos deixam a alma como morta!

Só acredita neles quem é louca!
Beijos d'amor que vão de boca em boca,
Como pobres que vão de porta em porta!...

AO VENTO

O vento passa a rir, torna a passar,
Em gargalhadas ásp'ras de demente;
E esta minh'alma trágica e doente
Não sabe se há de rir; se há de chorar!

Vento de voz tristonha, voz plangente,
Vento que ris de mim, sempre a troçar,
Vento que ris do mundo e do amar,
A tua voz tortura toda a gente!...

Vale-te mais chorar, meu pobre amigo!
Desabafa essa dor a sós comigo,
E não rias assim!... O vento, chora!

Que eu bem conheço, amigo, esse fadário
Do nosso peito ser como um Calvário,
E a gente andar a rir p'la vida fora!!...

TÉDIO

Passo pálida e triste. Oiço dizer
"Que branca que ela é! Parece morta!"
E eu que vou sonhando, vaga, absorta,
Não tenho um gesto, ou um olhar sequer...

Que diga o mundo e a gente o que quiser!
– O que é que isso me faz?... O que me
                                    [importa...
O frio que trago dentro gela e corta
Tudo que é sonho e graça na mulher!

O que é que isso me importa?! Essa tristeza
É menos dor intensa que frieza,
É um tédio profundo de viver!

E é tudo sempre o mesmo, eternamente...
O mesmo lago plácido, dormente...
E os dias, sempre os mesmos, a correr...

DESALENTO

Ao grande e estranho poeta A. Durão

As vezes oiço rir, é 'ma agonia
Queima-me a alma como estranha brasa
Tenho ódio à luz e tenho raiva ao dia
Que me põe n'alma o fogo que m'abrasa!

Tenho sede d'amar a humanidade...
Eu ando embriagada... entontecida...
O roxo de meus lábios é saudade
Duns beijos que me deram noutra vida!

Eu não gosto do Sol, eu tenho medo
Que me vejam nos olhos o segredo
De só saber chorar, de ser assim...

Gosto da Noite, imensa, triste, preta,
Como esta estranha e doida borboleta
Que eu sinto sempre a voltejar em mim!

A MINHA TRAGÉDIA

Tenho ódio à luz e raiva à claridade
Do sol, alegre, quente, na subida.
Parece que a minh'alma é perseguida
Por um carrasco cheio de maldade!

Ó minha vã, inútil mocidade
Trazes-me embriagada, entontecida!...
Duns beijos que me deste, noutra vida,
Trago em meus lábios roxos, a saudade!...

Eu não gosto do sol, eu tenho medo
Que me leiam nos olhos o segredo
De não amar ninguém, de ser assim!

Gosto da Noite imensa, triste, preta,
Como esta estranha e doida borboleta
Que eu sinto sempre a voltejar em mim!...

SEM REMÉDIO

Aqueles que me têm muito amor
Não sabem o que sinto e o que sou...
Não sabem que passou, um dia, a Dor,
À minha porta e, nesse dia, entrou.

E é desde então que eu sinto este pavor;
Este frio que anda em mim, e que gelou
O que de bom me deu Nosso Senhor!
Se eu nem sei por onde ando e onde vou!!

Sinto os passos da Dor, essa cadência
Que é já tortura infinda, que é demência!
Que é já vontade doida de gritar!

E é sempre a mesma mágoa, o mesmo tédio,
A mesma angústia funda, sem remédio,
Andando atrás de mim, sem me largar!...

MAIS TRISTE

É triste, diz a gente, a vastidão
Do Mar imenso! E aquela voz fatal
Com que ele fala, agita o nosso mal!...
E a Noite é triste como a Extrema-Unção.

É triste e dilacera o coração
Um poente do nosso Portugal!
E não veem que eu sou... eu... afinal,
A coisa mais magoada das que o são!

Poentes d'agonia tenho-os eu
Dentro de mim, e tudo quanto é meu
É um triste poente d'amargura!

E a vastidão do Mar, toda essa água
Trago-a dentro de mim num Mar de Mágoa!
E a Noite sou eu própria, a Noite escura!

VELHINHA

Se os que me viram já cheia de graça
Olharem bem de frente para mim,
Talvez, cheios de dor, digam assim:
"Já ela é velha! Como o tempo passa!..."

Não sei rir e cantar por mais que faça!
Ó minhas mãos talhadas em marfim,
Deixem esse fio d'oiro que esvoaça!
Deixem correr a vida até ao fim!

Tenho vinte e três anos! Sou velhinha!
Tenho cabelos brancos e sou crente...
Já murmuro orações... falo sozinha...

E o bando cor-de-rosa dos carinhos
Que tu me fazes, olho-os indulgente,
Como se fosse um bando de netinhos...

EM BUSCA DO AMOR

O meu Destino disse-me a chorar:
"Pela estrada da Vida vai andando;
E, aos que vires passar, interrogando
Acerca do Amor que hás de encontrar".

Fui pela estrada a rir e a cantar,
As contas do meu sonho desfiando...
E noite e dia, à chuva e ao luar,
Fui sempre caminhando e perguntando...

Mesmo a um velho eu perguntei: "Velhinho,
Viste o Amor acaso em teu caminho?"
E o velho estremeceu... olhou... e riu...

Agora pela estrada, já cansados
Voltam todos pra trás, desanimados...
E eu paro a murmurar: "Ninguém o viu!..."

IMPOSSÍVEL

Disseram-me hoje, assim, ao ver-me triste:
"Parece Sexta-Feira de Paixão.
Sempre a cismar, cismar, d'olhos no chão,
Sempre a pensar na dor que não existe...

O que é que tem?! Tão nova e sempre triste!
Faça por 'star contente! Pois então?!..."
Quando se sofre o que se diz é vão...
Meu coração, tudo, calado ouviste...

Os meus males ninguém mos adivinha...
A minha Dor não fala, anda sozinha...
Dissesse ela o que sente! Ai quem me dera!...

Os males d'Anto toda a gente os sabe!
Os meus... ninguém... A minha Dor não cabe
Nos cem milhões de versos que eu fizera!...

Índice dos poemas

TROCANDO OLHARES

Dedicatória 17
No Minho 18
Crisântemos.. 19
A doida 20
Desafio 21
Cantigas leva-as o vento... 22
Poetas 23
Folhas de rosa 24
Dantes... 25
Que diferença!.. 27
Os teus olhos 28
Num postal 29
Sonhos... 30
As quadras d'ele I 31
As quadras d'ele II 37
O fado.. 42
Verdades cruéis 43
[sem título] 44
No hospital 45
As quadras d'ele III.. 46
Cemitérios 50
A mulher I 53
A mulher II 54
As quadras d'ele IV.. 55
Súplica... 58
Vulcões.. 59
O meu Alentejo 60
A voz de Deus 61
Paisagem 62

Filhos	63
Às mães de Portugal	64
Súplica	66
Noites da minha terra	67
Vozes do mar	68
Cravos vermelhos	69
Saudade	70
Visões da febre	71
Oração	72
Meu Portugal	73
À guerra!	74
Anseios	75
O espectro	76
Poder da graça	77
Nunca mais!	78
Triste destino!	79
A anto!	80
Duas quadras	81
Balada	82
"Noite trágica"	83
Sonhos	84
Errante	85
Só	86
Cegueira bendita	87
Noivado estranho	88

O livro d'ele

Junquilhos...	91
O teu olhar	92
Doce milagre	93
Carta para longe	95
O triste passeio	96
Mentiras	97
Os meus versos	98
[sem título]	99
Aos olhos d'ele	100
Mistério d'amor	101
Escreve-me	102
O teu segredo	103

Doce certeza	104
Sonho morto	105
Sonhando	106
Desejo	107
Confissão	108
Aonde?...	109
Quem sabe?!.	110
Humildade	111
Oração de joelhos	112
Aos olhos d'ele	113
Desdém	114
Rústica	115
?!	116
Súplica	117
Escuta...	118
A esta hora	119
Sol posto	120
Estrela cadente	121
Versos	122

Livro de mágoas

Este livro...	125
Vaidade	126
Eu...	127
Castelã	128
Castelã da tristeza	129
Tortura	130
Lágrimas ocultas	131
Torre de névoa	132
A minha dor	133
Dizeres íntimos	134
As minhas ilusões	135
Neurastenia	136
Pequenina	137
Maior tortura	138
A maior tortura	139
A flor do sonho	140
Noite de saudade	141
Angústia	142

Amiga 143
[sem título] 144
Desejos vãos 145
A um livro 146
A um livro 147
Pior velhice 148
Alma perdida 149
Oração de joelhos 150
De joelhos 151
Languidez 152
Para quê?! 153
Ao vento 154
Tédio 155
Desalento 156
A minha tragédia 157
Sem remédio 158
Mais triste 159
Velhinha 160
Em busca do amor 161
Impossível 162

POESIA DE FLORBELA ESPANCA
VOLUME 2

Livro de Soror Saudade
Charneca em flor
Reliquiæ

Coleção **L&PM** POCKET (Lançamentos mais recentes)

479. A arte de escrever – Arthur Schopenhauer
480. Pinóquio – Carlo Collodi
481. Misto-quente – Bukowski
482. A lua na sarjeta – David Goodis
483. O melhor do Recruta Zero (1) – Mort Walker
484. Aline: TPM – tensão pré-monstrual (2) – Adão Iturrusgarai
485. Sermões do Padre Antonio Vieira
486. Garfield numa boa (4) – Jim Davis
487. Mensagem – Fernando Pessoa
488. Vendeta *seguido de* A paz conjugal – Balzac
489. Poemas de Alberto Caeiro – Fernando Pessoa
490. Ferragus – Honoré de Balzac
491. A duquesa de Langeais – Honoré de Balzac
492. A menina dos olhos de ouro – Honoré de Balzac
493. O lírio do vale – Honoré de Balzac
497. A noite das bruxas – Agatha Christie
498. Um passe de mágica – Agatha Christie
499. Nêmesis – Agatha Christie
500. Esboço para uma teoria das emoções – Sartre
501. Renda básica de cidadania – Eduardo Suplicy
502. (1).Pílulas para viver melhor – Dr. Lucchese
503. (2).Pílulas para prolongar a juventude – Dr. Lucchese
504. (3).Desembarcando o diabetes – Dr. Lucchese
505. (4).Desembarcando o sedentarismo – Dr. Fernando Lucchese e Cláudio Castro
506. (5).Desembarcando a hipertensão – Dr. Lucchese
507. (6).Desembarcando o colesterol – Dr. Fernando Lucchese e Fernanda Lucchese
508. Estudos de mulher – Balzac
509. O terceiro tira – Flann O'Brien
510. 100 receitas de aves e ovos – J. A. P. Machado
511. Garfield em toneladas de diversão (5) – Jim Davis
512. Trem-bala – Martha Medeiros
513. Os cães ladram – Truman Capote
514. O Kama Sutra de Vatsyayana
515. O crime do Padre Amaro – Eça de Queiroz
516. Odes de Ricardo Reis – Fernando Pessoa
517. O inverno da nossa desesperança – Steinbeck
518. Piratas do Tietê (1) – Laerte
519. Rê Bordosa: do começo ao fim – Angeli
520. O Harlem é escuro – Chester Himes
522. Eugénie Grandet – Balzac
523. O último magnata – F. Scott Fitzgerald
524. Carol – Patricia Highsmith
525. 100 receitas de patisseria – Sílvio Lancellotti
527. Tristessa – Jack Kerouac
528. O diamante do tamanho do Ritz – F. Scott Fitzgerald
529. As melhores histórias de Sherlock Holmes – Arthur Conan Doyle
530. Cartas a um jovem poeta – Rilke
532. O misterioso sr. Quin – Agatha Christie
533. Os analectos – Confúcio
536. Ascensão e queda de César Birotteau – Balzac
537. Sexta-feira negra – David Goodis
538. Ora bolas – O humor de Mario Quintana – Juarez Fonseca
539. Longe daqui aqui mesmo – Antonio Bivar
540. É fácil matar – Agatha Christie
541. O pai Goriot – Balzac
542. Brasil, um país do futuro – Stefan Zweig
543. O processo – Kafka
544. O melhor de Hagar 4 – Dik Browne
545. Por que não pediram a Evans? – Agatha Christie
546. Fanny Hill – John Cleland
547. O gato por dentro – William S. Burroughs
548. Sobre a brevidade da vida – Sêneca
549. Geraldão (1) – Glauco
550. Piratas do Tietê (2) – Laerte
551. Pagando o pato – Ciça
552. Garfield de bom humor (6) – Jim Davis
553. Conheço o Mário? vol.1 – Santiago
554. Radicci 6 – Iotti
555. Os subterrâneos – Jack Kerouac
556. (1).Balzac – François Taillandier
557. (2).Modigliani – Christian Parisot
558. (3).Kafka – Gérard-Georges Lemaire
559. (4).Júlio César – Joël Schmidt
560. Receitas da família – J. A. Pinheiro Machado
561. Boas maneiras à mesa – Celia Ribeiro
562. (9).Filhos sadios, pais felizes – R. Pagnoncelli
563. (10).Fatos & mitos – Dr. Fernando Lucchese
564. Ménage à trois – Paula Taitelbaum
565. Mulheres! – David Coimbra
566. Poemas de Álvaro de Campos – Fernando Pessoa
567. Medo e outras histórias – Stefan Zweig
568. Snoopy e sua turma (1) – Schulz
569. Piadas para sempre (1) – Visconde da Casa Verde
570. O alvo móvel – Ross Macdonald
571. O melhor do Recruta Zero (2) – Mort Walker
572. Um sonho americano – Norman Mailer
573. Os broncos também amam – Angeli
574. Crônica de um amor louco – Bukowski
575. (5).Freud – René Major e Chantal Talagrand
576. (6).Picasso – Gilles Plazy
577. (7).Gandhi – Christine Jordis
578. A tumba – H. P. Lovecraft
579. O príncipe e o mendigo – Mark Twain
580. Garfield, um charme de gato (7) – Jim Davis
581. Ilusões perdidas – Balzac
582. Esplendores e misérias das cortesãs – Balzac
583. Walter Ego – Angeli
584. Striptiras (1) – Laerte
585. Fagundes: um puxa-saco de mão cheia – Laerte

586. **Depois do último trem** – Josué Guimarães
587. **Ricardo III** – Shakespeare
588. **Dona Anja** – Josué Guimarães
589. **24 horas na vida de uma mulher** – Stefan Zweig
591. **Mulher no escuro** – Dashiell Hammett
592. **No que acredito** – Bertrand Russell
593. **Odisseia (1): Telemaquia** – Homero
594. **O cavalo cego** – Josué Guimarães
595. **Henrique V** – Shakespeare
596. **Fabulário geral do delírio cotidiano** – Bukowski
597. **Tiros na noite 1: A mulher do bandido** – Dashiell Hammett
598. **Snoopy em Feliz Dia dos Namorados! (2)** – Schulz
600. **Crime e castigo** – Dostoiévski
601. **Mistério no Caribe** – Agatha Christie
602. **Odisseia (2): Regresso** – Homero
603. **Piadas para sempre (2)** – Visconde da Casa Verde
604. **À sombra do vulcão** – Malcolm Lowry
605(8). **Kerouac** – Yves Buin
606. **E agora são cinzas** – Angeli
607. **As mil e uma noites** – Paulo Caruso
608. **Um assassino entre nós** – Ruth Rendell
609. **Crack-up** – F. Scott Fitzgerald
610. **Do amor** – Stendhal
611. **Cartas do Yage** – William Burroughs e Allen Ginsberg
612. **Striptiras (2)** – Laerte
613. **Henry & June** – Anaïs Nin
614. **A piscina mortal** – Ross Macdonald
615. **Geraldão (2)** – Glauco
616. **Tempo de delicadeza** – A. R. de Sant'Anna
617. **Tiros na noite 2: Medo de tiro** – Dashiell Hammett
618. **Snoopy em Assim é a vida, Charlie Brown! (3)** – Schulz
619. **1954 – Um tiro no coração** – Hélio Silva
620. **Sobre a inspiração poética (Íon) e ...** – Platão
621. **Garfield e seus amigos (8)** – Jim Davis
622. **Odisseia (3): Ítaca** – Homero
623. **A louca matança** – Chester Himes
624. **Factótum** – Bukowski
625. **Guerra e Paz: volume 1** – Tolstói
626. **Guerra e Paz: volume 2** – Tolstói
627. **Guerra e Paz: volume 3** – Tolstói
628. **Guerra e Paz: volume 4** – Tolstói
629(9). **Shakespeare** – Claude Mourthé
630. **Bem está o que bem acaba** – Shakespeare
631. **O contrato social** – Rousseau
632. **Geração Beat** – Jack Kerouac
633. **Snoopy: É Natal! (4)** – Charles Schulz
634. **Testemunha da acusação** – Agatha Christie
635. **Um elefante no caos** – Millôr Fernandes
636. **Guia de leitura (100 autores que você precisa ler)** – Organização de Léa Masina
637. **Pistoleiros também mandam flores** – David Coimbra
638. **O prazer das palavras** – vol. 1 – Cláudio Moreno
639. **O prazer das palavras** – vol. 2 – Cláudio Moreno
640. **Novíssimo testamento: com Deus e o diabo, a dupla da criação** – Iotti
641. **Literatura Brasileira: modos de usar** – Luís Augusto Fischer
642. **Dicionário de Porto-Alegrês** – Luís A. Fischer
643. **Clô Dias & Noites** – Sérgio Jockymann
644. **Memorial de Isla Negra** – Pablo Neruda
645. **Um homem extraordinário e outras histórias** – Tchékhov
646. **Ana sem terra** – Alcy Cheuiche
647. **Adultérios** – Woody Allen
651. **Snoopy: Posso fazer uma pergunta, professora? (5)** – Charles Schulz
652(10). **Luís XVI** – Bernard Vincent
653. **O mercador de Veneza** – Shakespeare
654. **Cancioneiro** – Fernando Pessoa
655. **Non-Stop** – Martha Medeiros
656. **Carpinteiros, levantem bem alto a cumeeira & Seymour, uma apresentação** – J.D.Salinger
657. **Ensaios céticos** – Bertrand Russell
658. **O melhor de Hagar 5** – Dik e Chris Browne
659. **Primeiro amor** – Ivan Turguêniev
660. **A trégua** – Mario Benedetti
661. **Um parque de diversões da cabeça** – Lawrence Ferlinghetti
662. **Aprendendo a viver** – Sêneca
663. **Garfield, um gato em apuros (9)** – Jim Davis
664. **Dilbert (1)** – Scott Adams
666. **A imaginação** – Jean-Paul Sartre
667. **O ladrão e os cães** – Naguib Mahfuz
669. **A volta do parafuso** *seguido de* **Daisy Miller** – Henry James
670. **Notas do subsolo** – Dostoiévski
671. **Abobrinhas da Brasilínia** – Glauco
672. **Geraldão (3)** – Glauco
673. **Piadas para sempre (3)** – Visconde da Casa Verde
674. **Duas viagens ao Brasil** – Hans Staden
676. **A arte da guerra** – Maquiavel
677. **Além do bem e do mal** – Nietzsche
678. **O coronel Chabert** *seguido de* **A mulher abandonada** – Balzac
679. **O sorriso de marfim** – Ross Macdonald
680. **100 receitas de pescados** – Sílvio Lancellotti
681. **O juiz e seu carrasco** – Friedrich Dürrenmatt
682. **Noites brancas** – Dostoiévski
683. **Quadras ao gosto popular** – Fernando Pessoa
685. **Kaos** – Millôr Fernandes
686. **A pele de onagro** – Balzac
687. **As ligações perigosas** – Choderlos de Laclos
689. **Os Lusíadas** – Luís Vaz de Camões
690(11). **Átila** – Éric Deschodt
691. **Um jeito tranquilo de matar** – Chester Himes
692. **A felicidade conjugal** *seguido de* **O diabo** – Tolstói
693. **Viagem de um naturalista ao redor do mundo** – vol. 1 – Charles Darwin

694. **Viagem de um naturalista ao redor do mundo** – vol. 2 – Charles Darwin
695. **Memórias da casa dos mortos** – Dostoiévski
696. **A Celestina** – Fernando de Rojas
697. **Snoopy: Como você é azarado, Charlie Brown! (6)** – Charles Schulz
698. **Dez (quase) amores** – Claudia Tajes
699. **Poirot sempre espera** – Agatha Christie
701. **Apologia de Sócrates** precedido de **Êutifron e** seguido de **Críton** – Platão
702. **Wood & Stock** – Angeli
703. **Striptiras (3)** – Laerte
704. **Discurso sobre a origem e os fundamentos da desigualdade entre os homens** – Rousseau
705. **Os duelistas** – Joseph Conrad
706. **Dilbert (2)** – Scott Adams
707. **Viver e escrever** (vol. 1) – Edla van Steen
708. **Viver e escrever** (vol. 2) – Edla van Steen
709. **Viver e escrever** (vol. 3) – Edla van Steen
710. **A teia da aranha** – Agatha Christie
711. **O banquete** – Platão
712. **Os belos e malditos** – F. Scott Fitzgerald
713. **Libelo contra a arte moderna** – Salvador Dalí
714. **Akropolis** – Valerio Massimo Manfredi
715. **Devoradores de mortos** – Michael Crichton
716. **Sob o sol da Toscana** – Frances Mayes
717. **Batom na cueca** – Nani
718. **Vida dura** – Claudia Tajes
719. **Carne trêmula** – Ruth Rendell
720. **Cris, a fera** – David Coimbra
721. **O anticristo** – Nietzsche
722. **Como um romance** – Daniel Pennac
723. **Emboscada no Forte Bragg** – Tom Wolfe
724. **Assédio sexual** – Michael Crichton
725. **O espírito do Zen** – Alan W. Watts
726. **Um bonde chamado desejo** – Tennessee Williams
727. **Como gostais** seguido de **Conto de inverno** – Shakespeare
728. **Tratado sobre a tolerância** – Voltaire
729. **Snoopy: Doces ou travessuras? (7)** – Charles Schulz
730. **Cardápios do Anonymus Gourmet** – J.A. Pinheiro Machado
731. **100 receitas com lata** – J.A. Pinheiro Machado
732. **Conhece o Mário?** vol.2 – Santiago
733. **Dilbert (3)** – Scott Adams
734. **História de um louco amor** seguido de **Passado amor** – Horacio Quiroga
735(11). **Sexo: muito prazer** – Laura Meyer da Silva
736(12). **Para entender o adolescente** – Dr. Ronald Pagnoncelli
737(13). **Desembarcando a tristeza** – Dr. Fernando Lucchese
738. **Poirot e o mistério da arca espanhola & outras histórias** – Agatha Christie
739. **A última legião** – Valerio Massimo Manfredi
741. **Sol nascente** – Michael Crichton
742. **Duzentos ladrões** – Dalton Trevisan
743. **Os devaneios do caminhante solitário** – Rousseau
744. **Garfield, o rei da preguiça (10)** – Jim Davis
745. **Os magnatas** – Charles R. Morris
746. **Pulp** – Charles Bukowski
747. **Enquanto agonizo** – William Faulkner
748. **Aline: viciada em sexo (3)** – Adão Iturrusgarai
749. **A dama do cachorrinho** – Anton Tchékhov
750. **Tito Andrônico** – Shakespeare
751. **Antologia poética** – Anna Akhmátova
752. **O melhor de Hagar 6** – Dik e Chris Browne
753(12). **Michelangelo** – Nadine Sautel
754. **Dilbert (4)** – Scott Adams
755. **O jardim das cerejeiras** seguido de **Tio Vânia** – Tchékhov
756. **Geração Beat** – Claudio Willer
757. **Santos Dumont** – Alcy Cheuiche
758. **Budismo** – Claude B. Levenson
759. **Cleópatra** – Christian-Georges Schwentzel
760. **Revolução Francesa** – Frédéric Bluche, Stéphane Rials e Jean Tulard
761. **A crise de 1929** – Bernard Gazier
762. **Sigmund Freud** – Edson Sousa e Paulo Endo
763. **Império Romano** – Patrick Le Roux
764. **Cruzadas** – Cécile Morrisson
765. **O mistério do Trem Azul** – Agatha Christie
768. **Senso comum** – Thomas Paine
769. **O parque dos dinossauros** – Michael Crichton
770. **Trilogia da paixão** – Goethe
773. **Snoopy: No mundo da lua! (8)** – Charles Schulz
774. **Os Quatro Grandes** – Agatha Christie
775. **Um brinde de cianureto** – Agatha Christie
776. **Súplicas atendidas** – Truman Capote
779. **A viúva imortal** – Millôr Fernandes
780. **Cabala** – Roland Goetschel
781. **Capitalismo** – Claude Jessua
782. **Mitologia grega** – Pierre Grimal
783. **Economia: 100 palavras-chave** – Jean-Paul Betbèze
784. **Marxismo** – Henri Lefebvre
785. **Punição para a inocência** – Agatha Christie
786. **A extravagância do morto** – Agatha Christie
787(13). **Cézanne** – Bernard Fauconnier
788. **A identidade Bourne** – Robert Ludlum
789. **Da tranquilidade da alma** – Sêneca
790. **Um artista da fome** seguido de **Na colônia penal e outras histórias** – Kafka
791. **Histórias de fantasmas** – Charles Dickens
796. **O Uruguai** – Basílio da Gama
797. **A mão misteriosa** – Agatha Christie
798. **Testemunha ocular do crime** – Agatha Christie
799. **Crepúsculo dos ídolos** – Friedrich Nietzsche
802. **O grande golpe** – Dashiell Hammett
803. **Humor barra pesada** – Nani
804. **Vinho** – Jean-François Gautier
805. **Egito Antigo** – Sophie Desplancques
806(14). **Baudelaire** – Jean-Baptiste Baronian
807. **Caminho da sabedoria, caminho da paz** – Dalai Lama e Felizitas von Schönborn
808. **Senhor e servo e outras histórias** – Tolstói
809. **Os cadernos de Malte Laurids Brigge** – Rilke
810. **Dilbert (5)** – Scott Adams

811. **Big Sur** – Jack Kerouac
812. **Seguindo a correnteza** – Agatha Christie
813. **O álibi** – Sandra Brown
814. **Montanha-russa** – Martha Medeiros
815. **Coisas da vida** – Martha Medeiros
816. **A cantada infalível** seguido de **A mulher do centroavante** – David Coimbra
819. **Snoopy: Pausa para a soneca (9)** – Charles Schulz
820. **De pernas pro ar** – Eduardo Galeano
821. **Tragédias gregas** – Pascal Thiercy
822. **Existencialismo** – Jacques Colette
823. **Nietzsche** – Jean Granier
824. **Amar ou depender?** – Walter Riso
825. **Darmapada: A doutrina budista em versos**
826. **J'Accuse...!** – **a verdade em marcha** – Zola
827. **Os crimes ABC** – Agatha Christie
828. **Um gato entre os pombos** – Agatha Christie
831. **Dicionário de teatro** – Luiz Paulo Vasconcellos
832. **Cartas extraviadas** – Martha Medeiros
833. **A longa viagem de prazer** – J. J. Morosoli
834. **Receitas fáceis** – J. A. Pinheiro Machado
835.(14).**Mais fatos & mitos** – Dr. Fernando Lucchese
836.(15).**Boa viagem!** – Dr. Fernando Lucchese
837.**Aline: Finalmente nua!!!** (4) – Adão Iturrusgarai
838. **Mônica tem uma novidade!** – Mauricio de Sousa
839. **Cebolinha em apuros!** – Mauricio de Sousa
840. **Sócios no crime** – Agatha Christie
841. **Bocas do tempo** – Eduardo Galeano
842. **Orgulho e preconceito** – Jane Austen
843. **Impressionismo** – Dominique Lobstein
844. **Escrita chinesa** – Viviane Alleton
845. **Paris: uma história** – Yvan Combeau
846.(15).**Van Gogh** – David Haziot
848. **Portal do destino** – Agatha Christie
849. **O futuro de uma ilusão** – Freud
850. **O mal-estar na cultura** – Freud
853. **Um crime adormecido** – Agatha Christie
854. **Satori em Paris** – Jack Kerouac
855. **Medo e delírio em Las Vegas** – Hunter Thompson
856. **Um negócio fracassado e outros contos de humor** – Tchékhov
857. **Mônica está de férias!** – Mauricio de Sousa
858. **De quem é esse coelho?** – Mauricio de Sousa
859. **O mistério Sittaford** – Agatha Christie
861. **Manhã transfigurada** – L. A. de Assis Brasil
862. **Alexandre, o Grande** – Pierre Briant
863. **Jesus** – Charles Perrot
864. **Islã** – Paul Balta
865. **Guerra da Secessão** – Farid Ameur
866. **Um rio que vem da Grécia** – Cláudio Moreno
868. **Assassinato na casa do pastor** – Agatha Christie
869. **Manual do líder** – Napoleão Bonaparte
870.(16).**Billie Holiday** – Sylvia Fol
871. **Bidu arrasando!** – Mauricio de Sousa
872. **Os Sousa: Desventuras em família** – Mauricio
874. **E no final a morte** – Agatha Christie
875. **Guia prático do Português correto – vol. 4** – Cláudio Moreno
876. **Dilbert (6)** – Scott Adams
877(17).**Leonardo da Vinci** – Sophie Chauveau
878. **Bella Toscana** – Frances Mayes
879. **A arte da ficção** – David Lodge
880. **Striptiras (4)** – Laerte
881. **Skrotinhos** – Angeli
882. **Depois do funeral** – Agatha Christie
883. **Radicci 7** – Iotti
884. **Walden** – H. D. Thoreau
885. **Lincoln** – Allen C. Guelzo
886. **Primeira Guerra Mundial** – Michael Howard
887. **A linha de sombra** – Joseph Conrad
888. **O amor é um cão dos diabos** – Bukowski
890. **Despertar: uma vida de Buda** – Jack Kerouac
891(18).**Albert Einstein** – Laurent Seksik
892. **Hell's Angels** – Hunter Thompson
893. **Ausência na primavera** – Agatha Christie
894. **Dilbert (7)** – Scott Adams
895. **Ao sul de lugar nenhum** – Bukowski
896. **Maquiavel** – Quentin Skinner
897. **Sócrates** – C.C.W. Taylor
899. **O Natal de Poirot** – Agatha Christie
900. **As veias abertas da América Latina** – Eduardo Galeano
901. **Snoopy: Sempre alerta! (10)** – Charles Schulz
902. **Chico Bento: Plantando confusão** – Mauricio de Sousa
903. **Penadinho: Quem é morto sempre aparece** – Mauricio de Sousa
904. **A vida sexual da mulher feia** – Claudia Tajes
905. **100 segredos de liquidificador** – José Antonio Pinheiro Machado
906. **Sexo muito prazer 2** – Laura Meyer da Silva
907. **Os nascimentos** – Eduardo Galeano
908. **As caras e as máscaras** – Eduardo Galeano
909. **O século do vento** – Eduardo Galeano
910. **Poirot perde uma cliente** – Agatha Christie
911. **Cérebro** – Michael O'Shea
912. **O escaravelho de ouro e outras histórias** – Edgar Allan Poe
913. **Piadas para sempre (4)** – Visconde da Casa Verde
914. **100 receitas de massas light** – Helena Tonetto
915(19).**Oscar Wilde** – Daniel Salvatore Schiffer
916. **Uma breve história do mundo** – H. G. Wells
917. **A Casa do Penhasco** – Agatha Christie
919. **John M. Keynes** – Bernard Gazier
920(20).**Virginia Woolf** – Alexandra Lemasson
921. **Peter e Wendy** seguido de **Peter Pan em Kensington Gardens** – J. M. Barrie
922. **Aline: numas de colegial (5)** – Adão Iturrusgarai
923. **Uma dose mortal** – Agatha Christie
924. **Os trabalhos de Hércules** – Agatha Christie
926. **Kant** – Roger Scruton
927. **A inocência do Padre Brown** – G.K. Chesterton
928. **Casa Velha** – Machado de Assis
929. **Marcas de nascença** – Nancy Huston
930. **Aulete de bolso**
931. **Hora Zero** – Agatha Christie

932. **Morte na Mesopotâmia** – Agatha Christie
934. **Nem te conto, João** – Dalton Trevisan
935. **As aventuras de Huckleberry Finn** – Mark Twain
936(21). **Marilyn Monroe** – Anne Plantagenet
937. **China moderna** – Rana Mitter
938. **Dinossauros** – David Norman
939. **Louca por homem** – Claudia Tajes
940. **Amores de alto risco** – Walter Riso
941. **Jogo de damas** – David Coimbra
942. **Filha é filha** – Agatha Christie
943. **M ou N?** – Agatha Christie
945. **Bidu: diversão em dobro!** – Mauricio de Sousa
946. **Fogo** – Anaïs Nin
947. **Rum: diário de um jornalista bêbado** – Hunter Thompson
948. **Persuasão** – Jane Austen
949. **Lágrimas na chuva** – Sergio Faraco
950. **Mulheres** – Bukowski
951. **Um pressentimento funesto** – Agatha Christie
952. **Cartas na mesa** – Agatha Christie
954. **O lobo do mar** – Jack London
955. **Os gatos** – Patricia Highsmith
956(22). **Jesus** – Christiane Rancé
957. **História da medicina** – William Bynum
958. **O Morro dos Ventos Uivantes** – Emily Brontë
959. **A filosofia na era trágica dos gregos** – Nietzsche
960. **Os treze problemas** – Agatha Christie
961. **A massagista japonesa** – Moacyr Scliar
963. **Humor do miserê** – Nani
964. **Todo o mundo tem dúvida, inclusive você** – Édison de Oliveira
965. **A dama do Bar Nevada** – Sergio Faraco
969. **O psicopata americano** – Bret Easton Ellis
970. **Ensaios de amor** – Alain de Botton
971. **O grande Gatsby** – F. Scott Fitzgerald
972. **Por que não sou cristão** – Bertrand Russell
973. **A Casa Torta** – Agatha Christie
974. **Encontro com a morte** – Agatha Christie
975(23). **Rimbaud** – Jean-Baptiste Baronian
976. **Cartas na rua** – Bukowski
977. **Memória** – Jonathan K. Foster
978. **A abadia de Northanger** – Jane Austen
979. **As pernas de Úrsula** – Claudia Tajes
980. **Retrato inacabado** – Agatha Christie
981. **Solanin (1)** – Inio Asano
982. **Solanin (2)** – Inio Asano
983. **Aventuras de menino** – Mitsuru Adachi
984(16). **Fatos & mitos sobre sua alimentação** – Dr. Fernando Lucchese
985. **Teoria quântica** – John Polkinghorne
986. **O eterno marido** – Fiódor Dostoiévski
987. **Um safado em Dublin** – J. P. Donleavy
988. **Mirinha** – Dalton Trevisan
989. **Akhenaton e Nefertiti** – Carmen Seganfredo e A. S. Franchini
990. **On the Road – o manuscrito original** – Jack Kerouac
991. **Relatividade** – Russell Stannard
992. **Abaixo de zero** – Bret Easton Ellis
993(24). **Andy Warhol** – Mériam Korichi
995. **Os últimos casos de Miss Marple** – Agatha Christie
996. **Nico Demo: Aí vem encrenca** – Mauricio de Sousa
998. **Rousseau** – Robert Wokler
999. **Noite sem fim** – Agatha Christie
1000. **Diários de Andy Warhol (1)** – Editado por Pat Hackett
1001. **Diários de Andy Warhol (2)** – Editado por Pat Hackett
1002. **Cartier-Bresson: o olhar do século** – Pierre Assouline
1003. **As melhores histórias da mitologia: vol. 1** – A.S. Franchini e Carmen Seganfredo
1004. **As melhores histórias da mitologia: vol. 2** – A.S. Franchini e Carmen Seganfredo
1005. **Assassinato no beco** – Agatha Christie
1006. **Convite para um homicídio** – Agatha Christie
1008. **História da vida** – Michael J. Benton
1009. **Jung** – Anthony Stevens
1010. **Arsène Lupin, ladrão de casaca** – Maurice Leblanc
1011. **Dublinenses** – James Joyce
1012. **120 tirinhas da Turma da Mônica** – Mauricio de Sousa
1013. **Antologia poética** – Fernando Pessoa
1014. **A aventura de um cliente ilustre *seguido de* O último adeus de Sherlock Holmes** – Sir Arthur Conan Doyle
1015. **Cenas de Nova York** – Jack Kerouac
1016. **A corista** – Anton Tchékhov
1017. **O diabo** – Leon Tolstói
1018. **Fábulas chinesas** – Sérgio Capparelli e Márcia Schmaltz
1019. **O gato do Brasil** – Sir Arthur Conan Doyle
1020. **Missa do Galo** – Machado de Assis
1021. **O mistério de Marie Rogêt** – Edgar Allan Poe
1022. **A mulher mais linda da cidade** – Bukowski
1023. **O retrato** – Nicolai Gogol
1024. **O conflito** – Agatha Christie
1025. **Os primeiros casos de Poirot** – Agatha Christie
1027(25). **Beethoven** – Bernard Fauconnier
1028. **Platão** – Julia Annas
1029. **Cleo e Daniel** – Roberto Freire
1030. **Til** – José de Alencar
1031. **Viagens na minha terra** – Almeida Garrett
1032. **Profissões para mulheres e outros artigos feministas** – Virginia Woolf
1033. **Mrs. Dalloway** – Virginia Woolf
1034. **O cão da morte** – Agatha Christie
1035. **Tragédia em três atos** – Agatha Christie
1037. **O fantasma da Ópera** – Gaston Leroux
1038. **Evolução** – Brian e Deborah Charlesworth
1039. **Medida por medida** – Shakespeare
1040. **Razão e sentimento** – Jane Austen
1041. **A obra-prima ignorada *seguido de* Um episódio durante o Terror** – Balzac
1042. **A fugitiva** – Anaïs Nin

1043. **As grandes histórias da mitologia greco-romana** – A. S. Franchini
1044. **O corno de si mesmo & outras histórietas** – Marquês de Sade
1045. **Da felicidade** *seguido de* **Da vida retirada** – Sêneca
1046. **O horror em Red Hook e outras histórias** – H. P. Lovecraft
1047. **Noite em claro** – Martha Medeiros
1048. **Poemas clássicos chineses** – Li Bai, Du Fu e Wang Wei
1049. **A terceira moça** – Agatha Christie
1050. **Um destino ignorado** – Agatha Christie
1051.(26). **Buda** – Sophie Royer
1052. **Guerra Fria** – Robert J. McMahon
1053. **Simons's Cat: as aventuras de um gato travesso e comilão – vol. 1** – Simon Tofield
1054. **Simons's Cat: as aventuras de um gato travesso e comilão – vol. 2** – Simon Tofield
1055. **Só as mulheres e as baratas sobreviverão** – Claudia Tajes
1057. **Pré-história** – Chris Gosden
1058. **Pintou sujeira!** – Mauricio de Sousa
1059. **Contos de Mamãe Gansa** – Charles Perrault
1060. **A interpretação dos sonhos: vol. 1** – Freud
1061. **A interpretação dos sonhos: vol. 2** – Freud
1062. **Frufru Ratapla Dolores** – Dalton Trevisan
1063. **As melhores histórias da mitologia egípcia** – Carmem Seganfredo e A. S. Franchini
1064. **Infância. Adolescência. Juventude** – Tolstói
1065. **As consolações da filosofia** – Alain de Botton
1066. **Diários de Jack Kerouac – 1947-1954**
1067. **Revolução Francesa – vol. 1** – Max Gallo
1068. **Revolução Francesa – vol. 2** – Max Gallo
1069. **O detetive Parker Pyne** – Agatha Christie
1070. **Memórias do esquecimento** – Flávio Tavares
1071. **Drogas** – Leslie Iversen
1072. **Manual de ecologia (vol.2)** – J. Lutzenberger
1073. **Como andar no labirinto** – Affonso Romano de Sant'Anna
1074. **A orquídea e o serial killer** – Juremir Machado da Silva
1075. **Amor nos tempos de fúria** – Lawrence Ferlinghetti
1076. **A aventura do pudim de Natal** – Agatha Christie
1078. **Amores que matam** – Patricia Faur
1079. **Histórias de pescador** – Mauricio de Sousa
1080. **Pedaços de um caderno manchado de vinho** – Bukowski
1081. **A ferro e fogo: tempo de solidão (vol.1)** – Josué Guimarães
1082. **A ferro e fogo: tempo de guerra (vol.2)** – Josué Guimarães
1084.(17). **Desembarcando o Alzheimer** – Dr. Fernando Lucchese e Dra. Ana Hartmann
1085. **A maldição do espelho** – Agatha Christie
1086. **Uma breve história da filosofia** – Nigel Warburton
1088. **Heróis da História** – Will Durant
1089. **Concerto campestre** – L. A. de Assis Brasil
1090. **Morte nas nuvens** – Agatha Christie
1092. **Aventura em Bagdá** – Agatha Christie
1093. **O cavalo amarelo** – Agatha Christie
1094. **O método de interpretação dos sonhos** – Freud
1095. **Sonetos de amor e desamor** – Vários
1096. **120 tirinhas do Dilbert** – Scott Adams
1097. **200 fábulas de Esopo**
1098. **O curioso caso de Benjamin Button** – F. Scott Fitzgerald
1099. **Piadas para sempre: uma antologia para morrer de rir** – Visconde da Casa Verde
1100. **Hamlet (Mangá)** – Shakespeare
1101. **A arte da guerra (Mangá)** – Sun Tzu
1104. **As melhores histórias da Bíblia (vol.1)** – A. S. Franchini e Carmen Seganfredo
1105. **As melhores histórias da Bíblia (vol.2)** – A. S. Franchini e Carmen Seganfredo
1106. **Psicologia das massas e análise do eu** – Freud
1107. **Guerra Civil Espanhola** – Helen Graham
1108. **A autoestrada do sul e outras histórias** – Julio Cortázar
1109. **O mistério dos sete relógios** – Agatha Christie
1110. **Peanuts: Ninguém gosta de mim... (amor)** – Charles Schulz
1111. **Cadê o bolo?** – Mauricio de Sousa
1112. **O filósofo ignorante** – Voltaire
1113. **Totem e tabu** – Freud
1114. **Filosofia pré-socrática** – Catherine Osborne
1115. **Desejo de status** – Alain de Botton
1118. **Passageiro para Frankfurt** – Agatha Christie
1120. **Kill All Enemies** – Melvin Burgess
1121. **A morte da sra. McGinty** – Agatha Christie
1122. **Revolução Russa** – S. A. Smith
1123. **Até você, Capitu?** – Dalton Trevisan
1124. **O grande Gatsby (Mangá)** – F. S. Fitzgerald
1125. **Assim falou Zaratustra (Mangá)** – Nietzsche
1126. **Peanuts: É para isso que servem os amigos (amizade)** – Charles Schulz
1127.(27). **Nietzsche** – Dorian Astor
1128. **Bidu: Hora do banho** – Mauricio de Sousa
1129. **O melhor do Macanudo Taurino** – Santiago
1130. **Radicci 30 anos** – Iotti
1131. **Show de sabores** – J.A. Pinheiro Machado
1132. **O prazer das palavras – vol. 3** – Cláudio Moreno
1133. **Morte na praia** – Agatha Christie
1134. **O fardo** – Agatha Christie
1135. **Manifesto do Partido Comunista (Mangá)** – Marx & Engels
1136. **A metamorfose (Mangá)** – Franz Kafka
1137. **Por que você não se casou... ainda** – Tracy McMillan
1138. **Textos autobiográficos** – Bukowski
1139. **A importância de ser prudente** – Oscar Wilde
1140. **Sobre a vontade na natureza** – Arthur Schopenhauer
1141. **Dilbert (8)** – Scott Adams
1142. **Entre dois amores** – Agatha Christie
1143. **Cipreste triste** – Agatha Christie
1144. **Alguém viu uma assombração?** – Mauricio de Sousa

1145. **Mandela** – Elleke Boehmer
1146. **Retrato do artista quando jovem** – James Joyce
1147. **Zadig ou o destino** – Voltaire
1148. **O contrato social (Mangá)** – J.-J. Rousseau
1149. **Garfield fenomenal** – Jim Davis
1150. **A queda da América** – Allen Ginsberg
1151. **Música na noite & outros ensaios** – Aldous Huxley
1152. **Poesias inéditas & Poemas dramáticos** – Fernando Pessoa
1153. **Peanuts: Felicidade é...** – Charles M. Schulz
1154. **Mate-me por favor** – Legs McNeil e Gillian McCain
1155. **Assassinato no Expresso Oriente** – Agatha Christie
1156. **Um punhado de centeio** – Agatha Christie
1157. **A interpretação dos sonhos (Mangá)** – Freud
1158. **Peanuts: Você não entende o sentido da vida** – Charles M. Schulz
1159. **A dinastia Rothschild** – Herbert R. Lottman
1160. **A Mansão Hollow** – Agatha Christie
1161. **Nas montanhas da loucura** – H.P. Lovecraft
1162. (28). **Napoleão Bonaparte** – Pascale Fautrier
1163. **Um corpo na biblioteca** – Agatha Christie
1164. **Inovação** – Mark Dodgson e David Gann
1165. **O que toda mulher deve saber sobre os homens: a afetividade masculina** – Walter Riso
1166. **O amor está no ar** – Mauricio de Sousa
1167. **Testemunha de acusação & outras histórias** – Agatha Christie
1168. **Etiqueta de bolso** – Celia Ribeiro
1169. **Poesia reunida (volume 3)** – Affonso Romano de Sant'Anna
1170. **Emma** – Jane Austen
1171. **Que seja em segredo** – Ana Miranda
1172. **Garfield sem apetite** – Jim Davis
1173. **Garfield: Foi mal...** – Jim Davis
1174. **Os irmãos Karamázov (Mangá)** – Dostoiévski
1175. **O Pequeno Príncipe** – Antoine de Saint-Exupéry
1176. **Peanuts: Ninguém mais tem o espírito aventureiro** – Charles M. Schulz
1177. **Assim falou Zaratustra** – Nietzsche
1178. **Morte no Nilo** – Agatha Christie
1179. **Ê, soneca boa** – Mauricio de Sousa
1180. **Garfield a todo o vapor** – Jim Davis
1181. **Em busca do tempo perdido (Mangá)** – Proust
1182. **Cai o pano: o último caso de Poirot** – Agatha Christie
1183. **Livro para colorir e relaxar** – Livro 1
1184. **Para colorir sem parar**
1185. **Os elefantes não esquecem** – Agatha Christie
1186. **Teoria da relatividade** – Albert Einstein
1187. **Compêndio da psicanálise** – Freud
1188. **Visões de Gerard** – Jack Kerouac
1189. **Fim de verão** – Mohiro Kitoh
1190. **Procurando diversão** – Mauricio de Sousa
1191. **E não sobrou nenhum e outras peças** – Agatha Christie
1192. **Ansiedade** – Daniel Freeman & Jason Freeman
1193. **Garfield: pausa para o almoço** – Jim Davis
1194. **Contos do dia e da noite** – Guy de Maupassant
1195. **O melhor de Hagar 7** – Dik Browne
1196. (29). **Lou Andreas-Salomé** – Dorian Astor
1197. (30). **Pasolini** – René de Ceccatty
1198. **O caso do Hotel Bertram** – Agatha Christie
1199. **Crônicas de motel** – Sam Shepard
1200. **Pequena filosofia da paz interior** – Catherine Rambert
1201. **Os sertões** – Euclides da Cunha
1202. **Treze à mesa** – Agatha Christie
1203. **Bíblia** – John Riches
1204. **Anjos** – David Albert Jones
1205. **As tirinhas do Guri de Uruguaiana 1** – Jair Kobe
1206. **Entre aspas (vol.1)** – Fernando Eichenberg
1207. **Escrita** – Andrew Robinson
1208. **O spleen de Paris: pequenos poemas em prosa** – Charles Baudelaire
1209. **Satíricon** – Petrônio
1210. **O avarento** – Molière
1211. **Queimando na água, afogando-se na chama** – Bukowski
1212. **Miscelânea septuagenária: contos e poemas** – Bukowski
1213. **Que filosofar é aprender a morrer e outros ensaios** – Montaigne
1214. **Da amizade e outros ensaios** – Montaigne
1215. **O medo à espreita e outras histórias** – H.P. Lovecraft
1216. **A obra de arte na era de sua reprodutibilidade técnica** – Walter Benjamin
1217. **Sobre a liberdade** – John Stuart Mill
1218. **O segredo de Chimneys** – Agatha Christie
1219. **Morte na rua Hickory** – Agatha Christie
1220. **Ulisses (Mangá)** – James Joyce
1221. **Ateísmo** – Julian Baggini
1222. **Os melhores contos de Katherine Mansfield** – Katherine Mansfied
1223. (31). **Martin Luther King** – Alain Foix
1224. **Millôr Definitivo: uma antologia de *A Bíblia do Caos*** – Millôr Fernandes
1225. **O Clube das Terças-Feiras e outras histórias** – Agatha Christie
1226. **Por que sou tão sábio** – Nietzsche
1227. **Sobre a mentira** – Platão
1228. **Sobre a leitura *seguido do* Depoimento de Céleste Albaret** – Proust
1229. **O homem do terno marrom** – Agatha Christie
1230. (32). **Jimi Hendrix** – Franck Médioni
1231. **Amor e amizade e outras histórias** – Jane Austen
1232. **Lady Susan, Os Watson e Sanditon** – Jane Austen
1233. **Uma breve história da ciência** – William Bynum
1234. **Macunaíma: o herói sem nenhum caráter** – Mário de Andrade

1235. **A máquina do tempo** – H.G. Wells
1236. **O homem invisível** – H.G. Wells
1237. **Os 36 estratagemas: manual secreto da arte da guerra** – Anônimo
1238. **A mina de ouro e outras histórias** – Agatha Christie
1239. **Pic** – Jack Kerouac
1240. **O habitante da escuridão e outros contos** – H.P. Lovecraft
1241. **O chamado de Cthulhu e outros contos** – H.P. Lovecraft
1242. **O melhor de Meu reino por um cavalo!** – Edição de Ivan Pinheiro Machado
1243. **A guerra dos mundos** – H.G. Wells
1244. **O caso da criada perfeita e outras histórias** – Agatha Christie
1245. **Morte por afogamento e outras histórias** – Agatha Christie
1246. **Assassinato no Comitê Central** – Manuel Vázquez Montalbán
1247. **O papai é pop** – Marcos Piangers
1248. **O papai é pop 2** – Marcos Piangers
1249. **A mamãe é rock** – Ana Cardoso
1250. **Paris boêmia** – Dan Franck
1251. **Paris libertária** – Dan Franck
1252. **Paris ocupada** – Dan Franck
1253. **Uma anedota infame** – Dostoiévski
1254. **O último dia de um condenado** – Victor Hugo
1255. **Nem só de caviar vive o homem** – J.M. Simmel
1256. **Amanhã é outro dia** – J.M. Simmel
1257. **Mulherzinhas** – Louisa May Alcott
1258. **Reforma Protestante** – Peter Marshall
1259. **História econômica global** – Robert C. Allen
1260(33). **Che Guevara** – Alain Foix
1261. **Câncer** – Nicholas James
1262. **Akhenaton** – Agatha Christie
1263. **Aforismos para a sabedoria de vida** – Arthur Schopenhauer
1264. **Uma história do mundo** – David Coimbra
1265. **Ame e não sofra** – Walter Riso
1266. **Desapegue-se!** – Walter Riso
1267. **Os Sousa: Uma família do barulho** – Mauricio de Sousa
1268. **Nico Demo: O rei da travessura** – Mauricio de Sousa
1269. **Testemunha de acusação e outras peças** – Agatha Christie
1270(34). **Dostoiévski** – Virgil Tanase
1271. **O melhor de Hagar 8** – Dik Browne
1272. **O melhor de Hagar 9** – Dik Browne
1273. **O melhor de Hagar 10** – Dik e Chris Browne
1274. **Considerações sobre o governo representativo** – John Stuart Mill
1275. **O homem Moisés e a religião monoteísta** – Freud
1276. **Inibição, sintoma e medo** – Freud
1277. **Além do princípio de prazer** – Freud
1278. **O direito de dizer não!** – Walter Riso
1279. **A arte de ser flexível** – Walter Riso
1280. **Casados e descasados** – August Strindberg
1281. **Da Terra à Lua** – Júlio Verne
1282. **Minhas galerias e meus pintores** – Kahnweiler
1283. **A arte do romance** – Virginia Woolf
1284. **Teatro completo v. 1: As aves da noite** *seguido de* **O visitante** – Hilda Hilst
1285. **Teatro completo v. 2: O verdugo** *seguido de* **A morte do patriarca** – Hilda Hilst
1286. **Teatro completo v. 3: O rato no muro** *seguido de* **Auto da barca de Camiri** – Hilda Hilst
1287. **Teatro completo v. 4: A empresa** *seguido de* **O novo sistema** – Hilda Hilst
1288. **Sapiens: Uma breve história da humanidade** – Yuval Noah Harari
1289. **Fora de mim** – Martha Medeiros
1290. **Divã** – Martha Medeiros
1291. **Sobre a genealogia da moral: um escrito polêmico** – Nietzsche
1292. **A consciência de Zeno** – Italo Svevo
1293. **Células-tronco** – Jonathan Slack
1294. **O fim do ciúme e outros contos** – Proust
1295. **A jangada** – Júlio Verne
1296. **A ilha do dr. Moreau** – H.G. Wells
1297. **Ninho de fidalgos** – Ivan Turguêniev
1298. **Jane Eyre** – Charlotte Brontë
1299. **Sobre gatos** – Bukowski
1300. **Sobre o amor** – Bukowski
1301. **Escrever para não enlouquecer** – Bukowski
1302. **222 receitas** – J. A. Pinheiro Machado
1303. **Reinações de Narizinho** – Monteiro Lobato
1304. **O Saci** – Monteiro Lobato
1305. **Memórias da Emília** – Monteiro Lobato
1306. **O Picapau Amarelo** – Monteiro Lobato
1307. **A reforma da Natureza** – Monteiro Lobato
1308. **Fábulas** *seguido de* **Histórias diversas** – Monteiro Lobato
1309. **Aventuras de Hans Staden** – Monteiro Lobato
1310. **Peter Pan** – Monteiro Lobato
1311. **Dom Quixote das crianças** – Monteiro Lobato
1312. **O Minotauro** – Monteiro Lobato
1313. **Um quarto só seu** – Virginia Woolf
1314. **Sonetos** – Shakespeare
1315(35). **Thoreau** – Marie Berthoumieu e Laura El Makki
1316. **Teoria da arte** – Cynthia Freeland
1317. **A arte da prudência** – Baltasar Gracián
1318. **O louco** *seguido de* **Areia e espuma** – Khalil Gibran
1319. **O profeta** *seguido de* **O jardim do profeta** – Khalil Gibran
1320. **Jesus, o Filho do Homem** – Khalil Gibran
1321. **A luta** – Norman Mailer
1322. **Sobre o sofrimento do mundo e outros ensaios** – Schopenhauer
1323. **Epidemiologia** – Rodolfo Saracci
1324. **Japão moderno** – Christopher Goto-Jones
1325. **A arte da meditação** – Matthieu Ricard
1326. **O adversário secreto** – Agatha Christie
1327. **Pollyanna** – Eleanor H. Porter

lepmeditores
www.lpm.com.br
o site que conta tudo

IMPRESSÃO:

PALLOTTI
GRÁFICA

Santa Maria - RS | Fone: (55) 3220.4500
www.graficapallotti.com.br